BC F

NOUVEAU
A la fin de ce livre,
UN SUPPLÉMENT GRAPHOLOGIE

Un graphologue reconstitue la signature de l'héroïne du roman, définit ses principales caractéristiques et vous apprend à interpréter votre signature.

Chaque mois, à travers les 4 titres de la série Harmonie, approfondissez votre connaissance de la graphologie à travers de nombreux types d'écritures.

Série Harmonie

NORA ROBERTS

Là où je veux être...

Les livres que votre cœur attend

Titre original : *Affaire royale* (142)

Originally publisched by SILHOUETTE BOOKS,
division of Harlequin Enterprises Ltd,
Toronto, Canada

Traduction française de : Marguerite Portable

48, avenue Victor-Hugo, 75116 Paris

Prologue

Elle avait oublié pourquoi elle courait. Tout ce qu'elle savait, c'est qu'elle ne pouvait s'arrêter. Si elle s'arrêtait, elle était perdue.

Loin. Elle devait aller le plus loin possible, mettre le plus de distance entre elle et... cet endroit où elle avait été.

Elle était trempée car la pluie tombait à verse, mais le grondement du tonnerre ne la faisait plus sursauter. Les éclairs qui déchiraient la nuit ne l'inquiétaient plus. L'obscurité non plus, d'ailleurs. Elle avait largement dépassé le seuil de la peur de choses aussi simples, aussi élémentaires. Elle ne savait plus très bien ce qui la terrifiait mais la terreur était en elle. C'était la seule émotion qu'elle comprenait, qui rampait en elle, qui habitait la moindre cellule de son corps comme s'il n'avait jamais rien connu d'autre. Et cela suffisait à l'obliger à courir le long de cette route alors que tout son corps hurlait pour un peu de répit.

Elle ne savait pas où elle se trouvait. Elle ne savait plus où elle avait été. Elle n'avait plus de mémoire, plus de souvenirs.

Elle pleurait sans même sans apercevoir. Des sanglots la secouaient hachant sa course folle.

Ses jambes ne la soutenaient plus. Comme il lui aurait été facile de se laisser glisser dans ce fossé, sous un de ces arbres. Et d'abandonner. Mais quelque chose la poussait encore. La peur, bien sûr, et aussi quelque chose d'autre, quelque chose qu'elle-même n'aurait pu reconnaître : la force. La force qui la gardait debout au-delà de l'épuisement. Elle ne pouvait retourner là d'où elle s'enfuyait, elle n'avait donc plus le choix : il fallait qu'elle continue.

Depuis combien de temps courait-elle ainsi ? Cela n'avait plus la moindre importance. Comme n'avait plus d'importance la douleur dans ses poumons, dans ses jambes, dans tout son corps.

Tout à coup, elle vit les lumières. Elle se paralysa sur place. Ils l'avaient retrouvée. Ils l'avaient poursuivie et rattrapée. *Ils.*

Le coup de klaxon résonna dans la nuit. Des pneus hurlèrent. Se soumettant enfin, elle sombra dans l'inconscience au beau milieu de la route.

Chapitre 1

— Elle se réveille.

— Dieu merci.

— Il faut que vous me laissiez l'examiner un instant. On ne sait comment elle va réagir.

Au-delà du brouillard dans lequel elle était plongée, elle entendit les voix. La peur la submergea à nouveau. Dans son état de semi-conscience, sa respiration se fit saccadée. Elle ne leur avait pas échappé. Mais elle ne leur montrerait pas sa peur, se promit-elle. Et comme les brumes se dissipaient peu à peu, elle serra les poings.

Doucement, elle ouvrit les yeux. Tout d'abord, elle ne vit pas grand-chose, puis graduellement, sa vision s'éclaircit. Alors, apercevant enfin le visage penché vers elle, elle eut moins peur.

Ce n'était pas un visage familier. Ce n'était donc pas l'un d'entre eux. Elle l'aurait reconnu, n'est-ce pas ? Ce visage était rond et plaisant avec une drôle de barbe blanche qui contrastait avec le crâne entièrement chauve. Les yeux étaient tirés mais doux. Quand l'homme lui prit la main, elle ne résista pas.

— Ma chère, fit-il d'une voix grave et charmante, vous êtes saine et sauve.

Saine et sauve ? Elle le regarda encore quelques instants avant de détailler l'endroit où elle se trouvait. Un hôpital. Même si la chambre était presque élégante et d'une taille inusitée, elle sut qu'elle se trouvait dans un hôpital. Une forte odeur d'antiseptique régnait, mêlée à des senteurs de fleurs. Puis elle vit l'autre homme.

Son maintien trahissait le militaire et il était impeccablement habillé. Ses cheveux étaient parsemés de fils gris mais restaient encore étonnamment fournis et sombres. Il était d'une beauté classique, aristocratique même. Malgré son allure et le contrôle qu'il exerçait visiblement sur lui-même, elle sentit qu'il avait peu dormi ces derniers temps.

— Ma chérie...

Sa voix tremblait comme il se penchait pour saisir sa main. Il la pressa sur ses lèvres.

— Tu es là, Dieu merci. Nous t'avons enfin retrouvée.

Elle l'observa. L'émotion qui perçait sous ces paroles l'empêcha de retirer sa main. Elle étudia l'homme encore quelques instants avant de demander :

— Qui êtes-vous ?

L'homme sursauta. Son regard plongea en elle.

— Qui ???

— Vous êtes encore très faible.

Gentiment, le docteur était intervenu. Elle le vit poser une main sur le bras de l'homme.

— Vous avez traversé une épreuve très, très

pénible. Il est normal que vous soyez un peu perdue.

Tout à coup, elle prit conscience du vide. Du vide qui était en elle. Bien sûr, elle possédait un corps et ce corps était fatigué. Mais surtout il était vide, comme inhabité. Elle reprit la parole d'une voix plus forte.

— Je ne sais pas où je suis... je ne sais pas qui je suis.

Le docteur s'était immédiatement porté à ses côtés.

— Vous avez passé des moments extrêmement pénibles, dit-il.

— Tu ne te souviens de rien ? demanda l'autre homme qui s'était raidi.

Repoussant la peur, elle commença à se redresser sur son lit. Le docteur murmurant des reproches l'aida néanmoins à s'installer sur les oreillers. Elle se souvenait... courir, courir, l'orage, la nuit. Les phares qui l'aveuglaient. Fermant les yeux, elle lutta pour se recomposer une attitude sans comprendre pourquoi cela avait tellement d'importance. Sa voix était toujours étrangement forte quand elle parla à nouveau :

— Je ne sais pas qui je suis. Dites-moi.

— Quand vous vous serez reposée un petit peu plus, commença le docteur.

L'autre homme le coupa d'un simple regard. Elle vit ce regard fait d'arrogance et d'autorité.

— Tu es ma fille, dit-il en lui prenant à nouveau la main. Tu es son Altesse Sérénissime Gabriella de Cordina.

Cauchemar ou conte de fées? se demanda-t-elle en examinant l'inconnu. Son père? Son Altesse Sérénissime? Cordina? Non, décidément, cela ne lui rappelait rien du tout. Pourtant, elle savait d'instinct en regardant celui qui disait être son père qu'un tel homme ne mentirait pas.

— Si je suis une princesse, reprit-elle, cela fait donc de vous un roi...

Il sourit presque. « Elle est peut-être traumatisée, se dit-il, mais elle reste toujours ma Brie. »

— Cordina est une principauté. Je suis le Prince Armand. Tu es ma fille aînée. Et tu as deux frères, Alexandre et Bennett.

Un père, des frères. Une famille, des racines. Cela ne lui disait rien.

— Et ma mère?

Cette fois-ci elle vit clairement la douleur s'inscrire sur le fier visage.

— Elle est morte quand tu avais vingt ans. Depuis lors, c'est toi qui assumes les devoirs qui incombaient à sa charge. Brie...

Son ton s'adoucit alors, puis il lui montra la bague de saphirs et de diamants qui ornait la main qu'il serrait toujours contre lui.

— ... Nous t'appelons Brie; je t'ai offert cette bague pour ton vingt et unième anniversaire, il y a près de quatre ans.

Elle regarda la bague ainsi que la belle et forte main qui soutenait la sienne. Elle ressentit alors la... confiance.

— Vous avez un goût excellent, Votre Majesté.

Ils sourirent ensemble mais elle se rendit

compte qu'il aurait aussi bien pu se mettre à pleurer. Tout comme elle.

— S'il vous plaît, je suis fatiguée, fit-elle pour les épargner tous les deux.

— Oui, approuva le médecin. Pour l'instant, le repos est la meilleure médecine.

A regret, le Prince Armand se redressa :

— Je serai là dès que tu auras besoin de moi.

Puis elle entendit la porte de la chambre se refermer. Le docteur était toujours auprès d'elle.

— Suis-je vraiment celle qu'il dit ?

— Personne ne le sait mieux que moi, répondit celui-ci avec une affectueuse attention. C'est moi qui vous ai fait naître, il y a vingt-cinq ans. Mais pour l'instant, Votre Altesse, il faut vous reposer.

Le Prince Armand pénétra dans le spacieux salon d'attente où se trouvaient plusieurs gardes royaux ainsi que des membres de la police de Cordina. Fumant et faisant les cent pas parmi eux, le Prince remarqua d'abord son fils et héritier, Alexandre. Celui-ci possédait le maintien sobre et aristocratique de son père. Bien qu'il ne fasse pas encore preuve d'un aussi méticuleux contrôle sur loi-même, il dominait ses propres émotions.

Bennett, lui, était assis dans un vaste sofa. A vingt ans, il menaçait de devenir un véritable play-boy. Il avait hérité de sa mère sa beauté époustouflante. Et même s'il manquait parfois de tact et de retenue, il faisait preuve d'une telle gentillesse et d'une telle compassion que cela lui valait l'admiration de tous ses sujets et de toute la presse. Ainsi que de l'entière population féminine européenne, songea Armand.

Aux côtés de Bennett se trouvait l'américain qui était venu à la demande du Prince. Ses deux fils étaient trop perdus dans leurs pensées pour remarquer l'arrivée de leur père. L'américain, lui, le vit immédiatement, comme s'il restait sans cesse aux aguets. C'était pour cette raison qu'Armand lui avait demandé de venir.

Quand il se leva, son corps long et mince se mit souplement en mouvement, muscle par muscle. Il portait une veste de lin sur un tee-shirt mais c'était le genre d'homme dont on ne remarquait les vêtements qu'après. Son visage attirait tout d'abord l'attention. De ses ancêtres écossais, il avait hérité d'une peau qui aurait été pâle s'il n'avait passé tant de temps au grand air. Ses cheveux noirs, bien coupés, retombaient sans cesse sur son front. Son visage exprimait la détermination et ses yeux d'un bleu saisissant pouvaient tout aussi bien séduire qu'intimider.

— Votre Majesté, fit Reeve MacGee.

A ces mots, Alexandre et Bennett se tournèrent vers leur père.

— Brie ? demandèrent-ils ensemble.

Bennett alla jusqu'à son père tandis qu'Alexandre se forçait à ne pas bouger.

— Elle s'est réveillée, fit Armand brièvement. J'ai pu lui parler.

— Comment va-t-elle ? Est-ce qu'on peut la voir ?

L'inquiétude perçait sous les questions de Bennett.

— Elle est très fatiguée... Peut-être demain.

— Sait-elle qui... commença Alexandre.

— Plus tard, le coupa son père.

Alexandre connaissait les règles et les restrictions qui accompagnaient son titre. Il n'insista pas.

— Nous la ramènerons bientôt à la maison, fit-il doucement.

— Dès que possible.

— Elle est peut-être fatiguée, intervint Bennett, mais elle doit avoir envie de voir un visage familier. Alex et moi pouvons attendre ici.

Un visage familier... Le regard d'Armand se perdit au-delà de son fils. Il n'y avait plus de visage familier pour son enfant, pour Brie, sa fille.

— Non, vous pouvez disposer, annonça-t-il d'une voix sans réplique. Demain elle ira mieux. Maintenant, je dois parler à Reeve.

Ses deux fils hésitèrent. Il haussa un sourcil et cela suffit à les décider. Ils se dirigèrent vers la porte. Arrivé sur le seuil, Bennett se retourna une dernière fois :

— Souffre-t-elle ?

— Non. Demain vous la verrez, promit Armand avant de se retourner vers Reeve MacGee : nous utiliserons le bureau du Docteur Franco.

Il précéda l'américain dans le couloir peuplé de gardes. Il n'eut pas l'air de les remarquer, à la différence de Reeve. Un kidnapping royal, se dit celui-ci a tendance à rendre les gens nerveux. Armand l'attendit devant une porte qu'il ferma soigneusement derrière eux quand ils eurent pénétré dans la pièce.

— Asseyez-vous, s'il vous plaît... Je vous suis reconnaissant d'être venu, Reeve. Je n'ai pas encore eu l'opportunité de vous remercier.

— Il est inutile de me remercier, Votre Altesse. Je n'ai encore rien fait.

Armand alluma une mince cigarette noire. Devant le fils de son meilleur ami, il s'autorisait une certaine détente.

— Vous pensez que je suis trop dur avec mes fils.

— Je pense que vous connaissez vos fils mieux que moi.

Armand sourit.

— Vous avez hérité de votre père toutes ses qualités de diplomate. Et vous en usez.

— Parfois.

— Vous possédez aussi, à ce que je vois, son esprit vif.

Reeve se demanda si son père apprécierait une telle comparaison. Un sourire retroussa ses lèvres.

— Merci, Votre Majesté.

— S'il vous plaît, en privé, je préfère Armand... J'ai bien peur de faire peser sur vous tout le poids de l'amitié qui m'unit à votre père, Reeve. Mais, en raison de l'amour que je porte à ma fille, je n'ai pas d'autre choix.

Reeve mesura du regard l'homme qui était assis en face de lui. A présent, il voyait non seulement le Prince mais aussi le père.

— Je vous écoute, fit-il simplement.

— Elle ne se souvient de rien.
— Elle n'a pas vu ceux qui l'ont enlevée ?
— Elle ne se souvient de rien, répéta Armand. Même pas de son propre nom.

Immédiatement Reeve envisagea toutes les implications, et leurs conséquences. Il se contenta de hocher la tête sans trahir aucune des pensées qui bouillaient soudain dans son crâne.

— Une amnésie temporaire est fréquente dans des cas pareils, j'imagine. Que dit le docteur ?

— Je lui parlerai bientôt... Vous êtes venu, Reeve, à ma requête. Vous ne m'avez pas encore demandé pourquoi.

— Très bien. Pourquoi alors ?

— Dans ma position, il est fréquent que le danger rôde autour de moi, ainsi qu'autour des membres de ma famille. On a cherché à atteindre ma fille, continua-t-il d'une voix plus sourde. Naturellement, elle possédait sa propre garde de sécurité. Il semble que cela n'ait pas suffi. Gabriella est souvent très indépendante, elle tolère mal la présence de gardes à ses côtés. Et elle est très têtue en ce qui concerne sa vie privée. Je l'ai peut-être trop gâtée. Nous sommes un pays pacifique, Reeve. La famille royale de Cordina est aimée de ses sujets. Si ma fille échappait parfois au contrôle de ses gardes, je n'y prêtais que peu d'attention.

— C'est ce qui est arrivé, cette fois-ci ?

— Elle voulait aller faire un tour en voiture à la campagne, comme cela lui arrive souvent. Les responsabilités qui lui incombent sont multiples ; Gabriella a parfois besoin d'un peu de liberté. Jusqu'à il y a six jours, cela semblait n'avoir que peu d'importance. C'est pourquoi elle avait ma permission.

Au ton de ces paroles, Reeve comprit qu'Armand de Cordina dirigeait sa famille comme il dirigeait ses sujets : d'une main ferme mais juste.

— A présent, continuait le Prince, et tant que nous ne saurons pas qui l'a enlevée et pourquoi, nous ne pouvons lui permettre des plaisirs aussi inoffensifs. Je confierais ma propre vie à la Garde Royale. Je ne puis lui confier celle de ma propre fille.

— Je ne suis plus en service actuellement, Armand. J'ai acheté une ferme, annonça Reeve MacGee. Et, de toute manière, que feriez-vous d'un ancien policier américain ?

— D'après ce que je sais, vous êtes néanmoins un expert en terrorisme.

— Dans mon propre pays, fit remarquer Reeve. Je ne sais rien des affaires internes à Cordina. Toutefois, je connais certaines personnes et si vous cherchez un garde du corps...

— Je cherche un homme à qui je pourrai confier ma fille, l'interrompit sèchement Armand. Un homme qui demeurera aussi objectif que je me dois de l'être moi-même. Un homme qui a l'expérience de situations explosives et qui est capable d'y faire face avec... finesse. J'ai quelques relations à Washington... Votre dossier est exemplaire, Reeve. Je dois dire que j'ai même suivi, quand cela était possible, votre carrière. Votre père peut être fier de vous.

Reeve éprouva un vague inconfort à la mention de son père. Les liens qui unissaient les deux familles étaient trop forts. Cela rendait les choses beaucoup plus difficiles.

— J'apprécie grandement tout ce que vous me dites. Mais je me suis retiré des affaires.

— Oui, c'est ce que j'ai entendu dire, répliqua Armand. Mais, avant de me donner votre réponse définitive, je pense que vous devriez encore y réfléchir... disons, jusqu'à demain. Vous pourriez aussi voir Gabriella vous-même. Ma voiture vous ramènera au Palais. Vous êtes, évidemment, notre invité.

Le Prince Armand avait été très rusé d'insister pour qu'il voie Gabriella, se dit Reeve. Car à présent qu'il la voyait, même endormie et affaiblie sur ce lit d'hôpital, les souvenirs lui revenaient sans qu'il puisse les retenir. Il se souvenait de ce bal donné en l'honneur de la jeune princesse pour son seizième anniversaire. Il avait accompagné ses parents à Cordina pour la première fois. Lui-même avait plus de vingt ans et, depuis, il n'avait jamais oublié la jeune fille dans cette superbe robe de bal d'un bleu menthe qui avait partagé une danse avec lui.

A présent, il la retrouvait ici dans cet hôpital, couchée, pâle et endormie. Si frêle et si fragile. Comment l'abandonner à son sort ?

Soudain, il prit conscience qu'elle s'était réveillée et qu'elle le fixait de ses yeux étranges, couleur de topaze. Elle agrippait les draps à s'en faire blanchir les jointures mais elle parla d'une voix calme :

— Qui êtes-vous ?

Bien sûr, elle avait changé au cours des années, se dit Reeve. Mais ses yeux, eux, n'avaient pas changé : toujours aussi profonds, aussi fascinants.

— Je suis Reeve MacGee, un ami de votre père.

Brie se détendit légèrement. Elle se souvenait de l'homme qui avait dit être son père. Toute la nuit, elle avait lutté en vain pour retrouver ses souvenirs.

— Me connaissez-vous ?

— Nous nous sommes rencontrés, il y a plusieurs années, Votre Altesse. Pour votre seizième anniversaire. Vous étiez ravissante.

Elle le regarda plus attentivement avant de demander :

— Vous êtes américain, Reeve MacGee ?

Il hésita un instant, les sourcils froncés.

— Oui. Comment le savez-vous ?

— A votre accent. Je suis allée là-bas. Du moins je le crois...

Les efforts qu'elle fournissait pour vaincre la confusion qui régnait dans son esprit étaient douloureux.

— Oui, vous y êtes allée, Votre Altesse.

Il savait, se dit-elle. Il savait et elle ne pouvait que deviner.

— Rien, fit-elle, au bord des larmes. Rien... pouvez-vous imaginer ce que c'est de se réveiller avec rien ? Ma vie n'est qu'un immense blanc. Il faut que ce soit les autres qui me renseignent sur mon propre compte.

— Votre Majesté...

— Devez-vous absolument m'appeler ainsi ?

— Non. Comment désirez-vous que je vous appelle ?

— Par mon nom. On m'a dit que c'était Gabriella.

— On dit plus souvent Brie.

Elle resta silencieuse pendant quelques secondes, puis hocha la tête :

— Très bien, donc. Maintenant expliquez-moi ce qui m'est arrivé.

— Nous n'avons aucun détail.

— Vous vous trompez, le corrigea-t-elle. Si vous n'avez pas de détails, vous savez au moins ce qui s'est passé. Je veux savoir.

Reeve l'observa un moment, luttant pour ne pas lui avouer l'admiration qu'elle éveillait en lui. Oui, elle était fragile, mais sous cette fragilité se cachait une force étonnante.

— Dimanche dernier, dans l'après-midi, vous êtes sortie faire un tour en voiture. Le lendemain, on a trouvé votre voiture abandonnée. Il y a eu des appels. Des appels pour une rançon. Vous aviez été kidnappée et on exigeait une rançon pour vous libérer.

Il ne dit pas un mot des menaces qui avaient accompagné les appels. Ni des demandes des ravisseurs qui portaient sur une somme d'argent extravagante ainsi que sur la libération de certains détenus.

— Kidnappée..

Elle se mit à trembler. Il prit sa main dans les siennes.

Elle voyait des images, des ombres. Une pièce sombre. Des odeurs de... d'essence et de boue. Elle se souvint des nausées, des migraines. Elle se souvint de la terreur.

— Ce n'est pas clair, murmura-t-elle. Je sais que c'est la vérité mais je n'arrive pas à m'en souvenir vraiment.

— Je ne suis pas un docteur, fit prudemment Reeve, mais je dirais qu'il est inutile de trop vous forcer. Votre mémoire reviendra quand vous serez prête.

— Facile à dire, répliqua-t-elle en libérant sa main. Quelqu'un m'a volé ma vie, monsieur MacGee... Quelle est votre place là-dedans ? Etions-nous amants ? demanda-t-elle brusquement.

Il hésita à peine.

— Non. Comme je vous l'ai déjà dit, nous ne nous sommes vus qu'une seule et unique fois, pour votre seizième anniversaire. Nos pères sont de vieux amis et je crois qu'ils auraient été quelque peu gênés si je vous avais séduite.

— Je vois. Alors pourquoi êtes-vous ici ?

— Votre père m'a demandé de venir. Il se fait du souci pour votre sécurité.

— Et alors ?

— Disons que j'ai quelque expérience dans ce domaine. Le Prince Armand m'a demandé de veiller sur vous.

— Un garde du corps ? fit-elle avec impatience. Je ne crois pas que j'aimerai cela.

Ce simple désaveu suffit à convaincre Reeve. Il savait à présent qu'il veillerait sur cette Princesse qui semblait vouloir disposer de lui avec autant de légèreté. Il avait abandonné ses occupations, avait franchi des milliers de kilomètres et elle était prête à le congédier aussi facilement qu'on congédie un domestique !

— Vous vous apercevrez, Votre Altesse, que même une princesse doit parfois accomplir des choses qu'elle n'apprécie pas. Il faudra vous y habituer.

Elle l'étudia avec froideur.

— Je crois que vous vous trompez, monsieur MacGee. Je suis tout à fait certaine que j'aurai le plus grand mal à supporter la présence continuelle d'un ange gardien à mes côtés. Je n'ai pas besoin de mes souvenirs pour savoir que je n'ai jamais aimé cela. Vous pourrez dire à mon père que j'ai repoussé votre aimable offre.

— Ce n'est pas à vous que j'ai offert mes services, mais à votre père.

Cette fois-ci, Gabriella se rendit compte de l'autorité et de l'impression de puissance qui se dégageaient de cet homme. Visiblement quand il avait pris une décision, il était difficile de lui faire changer d'avis.

Il la mettait mal à l'aise. Elle ne savait pas pourquoi, mais c'était un fait. Et pourtant, il était là et il semblait qu'elle ne puisse rien y faire. Sa vie était suffisamment perturbée comme cela pour y ajouter la présence troublante de Reeve MacGee.

Elle avait demandé s'ils avaient été amants

parce que cette question l'avait séduite et effrayée en même temps. Et parce qu'elle ne voyait pas d'autres raisons à sa présence seul dans sa chambre. Quand il lui avait répondu, elle n'avait pas éprouvé de soulagement, simplement cette espèce de vide dans lequel elle évoluait depuis deux jours.

— Je suis adulte, répondit-elle enfin. Et, d'après ce qu'on m'a dit, Princesse. Il me semble que c'est à moi de prendre les décisions qui concernent ma vie.

— C'est justement parce que vous êtes membre de la famille royale de Cordina que certaines décisions ne vous incombent pas seulement à vous...

Il se dirigea vers la porte de la chambre, l'ouvrit et se retourna sur le seuil :

— Il se trouve aussi, Gabriella, que je ne puis vous consacrer tout mon temps... Même les manants n'ont pas toujours le choix, ajouta-t-il avec un sourire.

Puis il partit refermant la porte derrière lui. Pendant un instant, elle fut tentée de se recoucher, de laisser sa faiblesse prendre le dessus. Mais, elle se révolta. Repoussant les couvertures, elle sortit du lit. Puis, doucement, prudemment, elle marcha jusqu'au grand miroir qui ornait l'un des murs.

Elle avait évité cela jusqu'à présent : voir ce visage qu'elle ne connaissait plus. Son propre visage dont elle ignorait tout. Retenant son souffle, elle leva les yeux.

Trop maigre, pensa-t-elle aussitôt. Mais pas

vraiment hideux, se dit-elle avec un soulagement idiot. Ses yeux avaient peut-être une drôle de couleur, mais elle ne louchait pas. Elle leva un doigt vers son menton. Trop maigre, pensa-t-elle à nouveau. Délicat, effrayé. Il n'y avait rien dans ce visage qui lui rappelât celui de son père. Elle y avait vu de la force. Dans le sien, elle ne discernait que la fragilité. Trop de fragilité.

« Qui es-tu ? » demanda-t-elle à ce visage inconnu.

Puis, se méprisant pour cette faiblesse, elle s'abandonna à son désespoir et pleura.

Chapitre 2

Sa décision était prise. Gabriella appuya sur le bouton de la sonnette et attendit l'infirmière.

— Je veux mes affaires, dit-elle dès que celle-ci fut arrivée.

— Votre Majesté, vous ne devriez pas...

— J'en parlerai avec le docteur si cela est nécessaire. Je veux une brosse à cheveux, un peu de maquillage et des vêtements décents... Je rentre chez moi ce matin.

On ne discute pas avec une Altesse Royale. L'infirmière alla chercher le médecin.

— Alors, que se passe-t-il ? fit celui-ci dès qu'il pénétra dans la chambre. Vous devriez être couchée, Votre Altesse.

Il était temps, se dit Brie, de voir si effectivement elle possédait une parcelle de cette autorité qu'on semblait si volontiers lui accorder.

— Docteur Franco, j'apprécie vos efforts et votre gentillesse. Mais je rentre chez moi immédiatement.

Les yeux du praticien se plissèrent et il s'approcha de sa malade :

— Chez vous, fit-il. Ma chère Gabriella...

Elle secoua la tête, répondant ainsi à la question qu'il n'avait pas posée.

— Non, je ne me souviens pas.

— J'ai parlé au docteur Kijinsky, Votre Altesse. C'est un domaine où il se montre bien plus qualifié que moi. Il sera là cet après-midi.

— Je verrai votre Kijinsky, docteur Franco, mais pas cet après-midi... j'ai besoin d'essayer d'y voir clair par moi-même. Il est possible qu'en retournant dans un environnement qui m'était familier, je puisse recouvrer ma mémoire. C'est ce que vous-même avez dit hier après que mon... père fut parti. Vous avez aussi ajouté que cette amnésie était temporaire et qu'en dehors d'une grande fatigue due au choc, je ne souffrais d'aucun trouble majeur. Dans ce cas, je peux très bien me reposer chez moi.

— Votre convalescence sera mieux suivie ici.

Elle lui accorda un sourire très doux et très obstiné.

— Je ne veux pas être suivie, docteur Franco. Je veux rentrer chez moi.

— Il est possible qu'aucun d'entre vous ne se rappelle que ce sont là exactement les mots que Gabriella a prononcés quelques heures seulement après son opération des amygdales.

Le Prince Armand se tenait sur le seuil de la chambre, observant sa frêle fille tenir tête au solide docteur Franco. Il entra dans la pièce et tendit sa main à son enfant. Malgré son hésitation, il lui prit tendrement les doigts.

— Son Altesse rentrera chez elle, annonça-t-il sans regarder le médecin. Vous me donnerez une liste d'instructions pour ses soins. Si elle ne les suit pas, elle sera renvoyée ici.

Elle faillit protester mais quelque chose l'en empêcha. Au lieu de cela, elle se contenta d'incliner légèrement la tête puis de hausser un sourcil arrogant. Les doigts d'Armand se firent plus pressants sur les siens comme s'il reconnaissait cette expression si familière.

— Je vais faire chercher vos affaires.

— Merci.

Mais elle n'ajouta pas « père ». Et tous deux le remarquèrent.

Moins d'une heure plus tard, elle sortait de l'hôpital. Elle appréciait la robe aux tons clairs qu'on lui avait apportée. Elle avait découvert avec soulagement qu'elle savait utiliser avec discernement sa trousse à maquillage.

Un blush très léger recouvrait ses joues à présent et elle avait su gommer les ombres de fatigue qui soulignaient ses yeux. Ses cheveux flottaient librement sur ses épaules. Le parfum qu'elle utilisait était sans conteste français et piquant.

Une limousine l'attendait ainsi qu'un chauffeur qu'elle ne reconnut pas mais qui lui sourit avec chaleur en lui tenant la portière. Elle s'assit, silencieuse, tandis que son père prenait place en face d'elle.

— Tu sembles aller mieux, Brie.

Il y avait tant à dire mais il lui fallut plusieurs minutes avant qu'elle ne puisse trouver ses mots :

— Je sais que je parle l'anglais aussi facilement que le français, parce qu'il m'arrive de penser dans les deux langues, commença-t-elle avec précaution. Je connais l'odeur des roses. Je sais dans quelle direction regarder pour voir le soleil se lever sur la mer. Mais je ne sais pas si je suis généreuse ou égoïste. Je ne connais pas la couleur des murs de ma propre chambre. J'ignore si j'ai su faire quelque chose de ma vie ou bien si je l'ai simplement gâchée.

— Je pourrais te donner les réponses, remarqua son père.

Elle hocha la tête, faisant preuve du même contrôle sur elle-même que lui.

— Mais vous ne le ferez pas.

— Je pense que si tu trouves par toi-même, cela te procurera plus de satisfactions.

— Peut-être... En tout cas, j'ai déjà découvert que je suis impatiente.

Il eut un bref sourire.

— C'est un début.

— Et je dois me contenter d'un début.

— Ma chère Gabriella je n'ai aucune illusion : cela ne te suffira pas très longtemps.

Brie regarda par la fenêtre la ville qui défilait sous ses yeux. Elle vit les petites maisons roses et blanches accrochées à flanc de colline, dominant la mer. Elle vit les palmiers et les fleurs.

C'était *sa* ville.

Elle se retourna vers le Prince Armand à nouveau.

— D'accord, ne parlons plus de moi, dit-elle d'une voix pleine de décision. Mais parlez-moi de Cordina.

Elle vit, à la manière dont ses yeux s'égayèrent, qu'elle venait de faire plaisir à son père.

— Nous sommes vieux, commença-t-il d'une voix fière. Les Bisset — il s'agit de notre nom de famille — vivent ici et gouvernent depuis le dix-septième siècle. Auparavant, Cordina a subi plusieurs dominations : espagnole, maure, espagnole à nouveau, puis française. Nous sommes un port, comme tu le vois, et notre situation dans la Méditerranée est enviable.

« En 1657, un autre Armand Bisset se vit proposer la Principauté de Cordina. Elle est restée depuis entre les mains de la famille Bisset et le restera tant qu'il y aura un descendant mâle. Le titre ne peut passer à une fille.

— Je vois. Personnellement, cela me satisfait, mais, politiquement, je trouve cela archaïque.

— C'est exactement ce que tu m'as déjà dit, murmura-t-il.

— Je vois, dit-elle. Et les Bisset gouvernent-ils bien ?

C'était bien d'elle, se dit le vieux Prince. Elle avait peut-être tout oublié mais elle restait la même : curieuse, ouverte et attentionnée pour son peuple.

— Cordina est en paix, répondit-il simplement. Nous sommes membres des Nations unies. Je gouverne avec l'aide de Loubet, le Ministre d'Etat. Il y a aussi le Conseil de la Couronne qui se réunit trois fois par an. Je dois les consulter pour les traités internationaux. Toutes les lois doivent être approuvées par le Conseil National qui est élu.

— Y a-t-il des femmes dans ce gouvernement ?

— Tu n'as pas perdu ton goût pour la politique, en tout cas, lui répondit-il. Oui, il y a des femmes. Tu trouveras sûrement leur nombre insuffisant, mais Cordina est un pays progressiste.

— Progressiste est sans doute un terme relatif.

— Sans doute, fit-il en souriant comme s'il s'agissait là d'un vieux débat entre eux. La pêche est bien sûr notre principale industrie, suivie de près par le tourisme. Nous possédons la beauté et un climat agréable. Une grande tradition culturelle, aussi. Nous sommes justes, conclut-il avec simplicité. Notre pays est petit mais pas insignifiant. Nous le gouvernons bien.

Si elle avait eu d'autres questions, elles furent balayées par la vue du palais qui apparut au détour d'un virage.

Il se trouvait, comme de juste, sur le plus haut point de Cordina. Il faisait face à la mer et était bâti de massives pierres blanches. Tout en tours, parapets et coursives, il était à la fois élégant et solide. Il veillait sur sa ville, aussi bien protection que bénédiction.

Des gardes se tenaient près du portail ouvert. Dans leurs uniformes rouges, ils semblaient aussi efficaces qu'adorables.

Bientôt la limousine s'arrêta devant un escalier massif. Le Prince Armand se tourna vers sa fille :

— Bienvenue chez toi, Gabriella.

Il lui tendit une main qu'elle accepta tandis que la portière s'ouvrait. Une légère brise pénétra dans la voiture. La jeune femme hésita. Elle n'était pas encore prête à sortir. Son père le sentit et attendit.

Gabriella regardait l'escalier de pierres blanches qui menait à l'énorme porte de chêne. Un drapeau flottait dans le vent : d'un blanc immaculé traversé par une arrogante diagonale rouge.

Malgré toute l'appréhension qu'elle avait ressentie, elle savait qu'elle était là chez elle. Même si elle ne savait pas quelle fenêtre cachait sa chambre, même si...

— Brie !

Un jeune homme descendait en courant les escaliers. Elle sortit de la voiture pour l'accueillir. Puis il fut sur elle avec tout l'enthousiasme et l'énergie de sa jeunesse. Il l'embrassa avec fougue. Il émanait de lui une agréable odeur de chevaux.

— Je revenais des écuries quand Alex m'a dit que tu arrivais.

Brie sentit les flots d'amour qui ruisselaient du jeune homme et lança un regard perdu à son père par-dessus son épaule.

— Ta sœur a besoin de repos, Bennett.

— Bien sûr qu'elle a besoin de repos. Et elle se reposera bien mieux ici, répondit celui-ci en souriant, puis en reculant, tenant toujours la jeune femme par les mains.

Il semblait si jeune, se disait-elle, si beau, si heureux. Quand il vit son visage, il se rembrunit.

— Tu ne te souviens toujours pas ?

Elle savait qu'il aurait désiré qu'elle l'étreigne. Et elle aurait tant voulu pouvoir le faire, mais elle ne put que prononcer :

— Je suis désolée.

Il ouvrit la bouche puis se ravisa et, passant un bras autour de sa taille, l'entraîna dans l'escalier.

— Ne t'inquiète pas, fit-il. Tu te souviendras bientôt de tout. A présent, tu es chez toi. Alex et moi pensions venir te voir cet après-midi. Mais je préfère que tu sois enfin ici...

Il la guidait tout en parlant vers la grande porte qu'ils franchirent ensemble. Elle le soupçonnait de parler ainsi afin de dissiper le malaise qui les gênait tous les deux.

Elle entendit l'écho de ses talons sur le parquet du gigantesque hall. Elle reconnut un vase Ming et un meuble Louis XIV. Les objets, se dit-elle tristement, les objets, je les reconnais.

Fuir. Tout à coup, elle eut à nouveau le besoin de fuir, de retourner vers cette chambre d'hôpital si impersonnelle. Là-bas, au moins, elle ne sentirait pas ces questions non posées qui flottaient tout autour d'elle, elle ne sentirait pas non plus ce besoin d'amour de la part de tous ces gens qui la chérissaient et dont elle n'avait aucun souvenir.

Une porte s'ouvrit. Brie sut immédiatement que l'homme qui approchait à présent était son autre frère car il ressemblait étrangement au Prince Armand.

Il ne possédait pas la grâce de Bennett. Sa beauté était plus intérieure. Malgré sa jeunesse, Alexandre semblait déjà prêt à gouverner.

Il ne se précipita pas dans ses bras. Il marcha lentement vers elle et posa doucement ses deux mains de chaque côté de son visage, comme si c'était là un geste mille fois accompli.

— Gabriella, tu nous as manqué. Je n'ai eu personne avec qui me disputer cette semaine.

— Je...

Elle ne put aller plus loin. Que pouvait-elle dire ? Que devait-elle ressentir ? Non, elle n'était pas préparée à affronter une telle situation. Alors, derrière son frère, elle aperçut Reeve.

Il observait la scène de ces retrouvailles avec un calme qui fit du bien à la jeune femme. Elle prit les mains de son frère.

— Je suis désolée, je suis très fatiguée.

Elle vit une lueur de tristesse passer puis rapidement disparaître dans le regard d'Alexandre.

— Bien sûr. Tu devrais te reposer. Je vais t'accompagner en haut.

— Non...

Elle lutta pour que ce mot ne sonne pas d'une manière aussi brutale.

— Excuse-moi, reprit-elle précipitamment. J'ai besoin d'un peu de temps. Peut-être que M. MacGee ne verra pas d'inconvénient à m'accompagner.

— Brie...

La protestation de Bennett fut immédiatement réduite à néant par Armand.

— Reeve, vous connaissez les appartements de Gabriella.

— Bien sûr. Votre Altesse, ajouta-t-il après

s'être approché de la jeune femme et lui avoir offert son bras.

Il l'aida à gravir les escaliers où elle s'arrêta une seule fois pour se retourner vers les trois hommes qui l'observaient en silence.

Elle ne reconnut rien dans les immenses corridors. Enfin, ils parvinrent à la porte de sa chambre.

— Me trouverez-vous lâche si je vous dis que je n'ose y entrer seule ?

Pour toute réponse, il ouvrit la porte et pénétra dans la pièce le premier.

Ainsi, elle préférait les tons pastel. Pas de fanfreluches, remarqua aussi la jeune femme avec plaisir. Pourtant, même sans rien de superflu, la pièce possédait une agréable ambiance de féminité. Beaucoup de fleurs, aussi, remarqua-t-elle.

— On m'a dit que vous aviez vous-même redécoré votre chambre, annonça Reeve. Cela doit vous réconforter de vous apercevoir que vous avez bon goût.

Brie laissa courir ses doigts sur le dossier d'une chaise avant de se diriger vers la fenêtre. On dominait toute la ville. Elle avait dû souvent la contempler.

Et puis, il y avait les jardins, une falaise et la mer. La vue était superbe.

— Pourquoi est-ce que je ne veux pas me souvenir de tout ceci ? éclata-t-elle soudainement. Pourquoi ?

— Il existe peut-être d'autres souvenirs que vous n'êtes pas encore prête à affronter.

— Je ne peux pas y croire. Je ne peux pas supporter ce mur qui se dresse à l'intérieur de moi.

Elle s'était mise à faire les cent pas en se tordant les mains. Reeve la suivait du regard.

— Il vous faudra être patiente, dit-il.

— Patiente ?

Avec un rire moqueur, elle secoua la tête.

— Pourquoi suis-je si certaine que c'est une qualité que je ne possède pas ? J'ai l'impression que si je pouvais enlever une seule brique de ce mur, alors il s'effondrerait. Mais comment ?

Elle continua à marcher de long en large avant de s'arrêter pour le dévisager.

— Vous pourriez m'aider, annonça-t-elle.

— Votre famille aussi.

— Non, fit-elle d'un ton sans réplique. Ils me connaissent bien sûr, mais leurs sentiments, et les miens, ne feront que consolider ce mur. Ils souffrent quand ils me regardent et cela je ne peux le supporter.

— Mais je ne vous connais pas.

— Justement. Vous serez objectif. Parce que vous ne tenterez pas constamment de me protéger, vous ne me ferez pas souffrir. Pas davantage qu'il ne sera nécessaire en tout cas. Et puisque vous avez déjà accepté l'offre de mon père, n'est-ce pas ?

Cela était affirmé avec une telle certitude que Reeve ne put s'empêcher d'admirer la jeune femme.

— Oui.

— Puisque vous vous êtes mis en position de

lire mon journal par-dessus mon épaule, autant que vous soyez utile à quelque chose.

Il eut un sourire ironique.

— Avec plaisir, Votre Majesté.

Elle soupira.

— Voilà que je vous ai froissé... Eh bien, j'imagine que cela risque d'arriver bien souvent à l'avenir. Il faudra que nous en prenions notre parti. Je vais être honnête avec vous, non parce que j'ai besoin de votre pitié, mais simplement parce qu'il faut que je le dise à quelqu'un. Je me sens si seule... Il n'y a rien que je puisse toucher ou voir sans savoir si c'est à moi. Il ne m'est pas possible de me souvenir d'un seul moment agréable ou désagréable au-delà de ces deux derniers jours. Je ne connais même pas mon nom en entier.

Il la toucha. Il n'aurait peut-être pas dû mais il ne put s'en empêcher. Le soleil qui pénétrait dans la chambre révélait l'extrême pâleur de la jeune femme. Il souleva le visage si frêle du bout de ses doigts et dit :

— Son Altesse Sérénissime Gabriella Madeleine Justine Bisset de Cordina.

Elle esquissa une tentative de sourire.

— Tout ça !

Elle leva la main pour agripper les doigts qui soutenaient son menton. Le contact leur sembla à tous les deux trop naturel, mais ils ne le brisèrent pas.

— Brie semble plus commode. Dites-moi, aimez-vous notre famille ?

— Oui.

— Alors aidez-moi à leur rendre la femme dont ils ont besoin. Aidez-moi à la retrouver. En une semaine j'ai perdu vingt-cinq ans. J'ai besoin de savoir pourquoi. Vous devez le comprendre.

— Je comprends, répondit-il.

Mais il se disait aussi qu'il n'aurait pas dû la toucher.

— Cela ne veut pas dire, reprit-il, que je puisse vous aider.

— Oui, vous le pouvez. Vous le pouvez parce que je ne suis rien pour vous. Ne soyez pas patient avec moi, soyez exigeant. Ne soyez pas gentil, soyez dur.

Il continua de tenir sa main.

— Cela risque de ne guère être plaisant pour vous : imaginez un ancien flic américain en train de donner du fil à retordre à une princesse.

Elle éclata de rire. C'était la première fois depuis dix ans qu'il entendait ce rire et pourtant il s'en souvenait encore. Comme il se souvenait, et elle non, de la valse qu'ils avaient partagée, de la magie du clair de lune. Rester encore une minute dans cette chambre n'était pas sage, il le savait. Mais il ne pouvait pas partir. Pas encore.

Gabriella se détendait.

— Décapitons-nous toujours à Cordina ? Nous possédons sûrement des moyens plus civilisés pour traiter avec les criminels. L'immunité. Je vous assure l'immunité, Reeve MacGee. Vous avez désormais ma permission de crier, de me réprimander, de chercher, en fait de vous conduire de façon absolument horrible sans crainte de la moindre représaille.

Tout à coup, elle semblait transformée, si jeune, tellement à l'aise.

— Etes-vous prête à apposer votre Royal Sceau sur un document ?

— Dès que quelqu'un m'aura dit où le trouver.

Il sentait quelque chose d'autre en elle, à présent. De l'espoir et de la détermination. Oui, il l'aiderait, se dit Reeve. Plus tard, peut-être se demanderait-il pourquoi. En tout cas, il savait qu'elle se trompait sur un point : non, elle n'était pas rien pour lui. Et il devait faire attention. Très attention.

— Votre parole me suffit, répondit-il en dissimulant ses pensées.

— De même que la vôtre. Merci.

Il porta la main qu'il tenait à ses lèvres. C'était un geste, il le savait, auquel elle avait dû être habituée des centaines de fois. Pourtant au moment où ses lèvres effleurèrent sa peau, il vit une lueur s'allumer dans ses yeux. Princesse ou non, elle était une femme. Et Reeve savait reconnaître le désir quand il le voyait. De même qu'il savait quand lui-même le ressentait. Prudent, il s'écarta le plus rapidement possible tout en prenant garde de ne pas l'offenser.

— Je vais vous laisser vous reposer. Votre femme de chambre s'appelle Bernadette. A moins que vous ne la désiriez avant, elle sera là une heure avant le dîner.

Brie laissa sa main retomber comme si elle ne faisait pas partie d'elle-même.

— J'apprécie ce que vous faites.

— Ce ne sera peut-être pas toujours le cas.

A la porte, il se retourna une dernière fois :

— Reposez-vous aujourd'hui, Brie. Nous pourrons commencer demain à cogner contre ce mur.

Chapitre 3

— Et alors ?

A ces mots indignés, Gabriella se redressa sur son immense lit, paniquée. Elle n'avait pas voulu s'endormir, simplement s'allonger pour réfléchir. Devant elle, assise bien droite sur une chaise placée au pied du lit se trouvait une vieille femme. Ses cheveux étaient tirés en un chignon si serré qu'on avait l'impression qu'ils étaient peints sur sa tête. Ils étaient gris. Le visage ressemblait à un vieux parchemin ridé et sec. Deux petits yeux sombres et vifs la fixaient sans merci. Elle portait une robe noire, des chaussures noires et, assez étrangement, un camé sur un ruban violet passé autour du cou.

Comme Brie n'avait aucun souvenir de la personne assise en face d'elle, elle se fia à son instinct. Se détendant quelque peu, elle lança un :

— Bonjour.

— Ah, c'est beau ! fit la vieille femme avec ce qui semblait être un léger accent slave. Tu rentres à la maison après m'avoir donné une semaine de soucis et tu ne cherches même pas à venir me voir.

— Je suis désolée.

L'excuse lui vint si naturellement que Brie en sourit.

— Ils m'ont parlé de cette idiotie comme quoi tu ne te souviendrais de rien. Bah ! Ma Gabriella ne se souviendrait pas de sa Nanny !

Brie observa la vieille femme pendant quelques instants mais dans son esprit il ne se passa rien. Elle n'était pas encore prête.

— Je ne me souviens de rien, annonça-t-elle doucement. De rien du tout.

Visiblement, Nanny n'avait pas vécu toutes ces années sans savoir affronter les problèmes. Après un court moment de silence, elle se leva et vint près de la jeune femme.

— Je suis Carlotta Baryshnova, la nurse de Lady Honoria Bruebeck, ta tante, et de Lady Elisabeth Bruebeck, ta mère. Quand elle est devenue la Princesse Elisabeth de Cordina, je suis venue ici pour être la nurse de ses enfants. C'est moi qui t'ai langée, bandé les genoux et mouché le nez. Et quand tu te marieras, j'en ferai de même avec tes enfants.

Brie sourit de nouveau : la vieille femme semblait plus irritée que bouleversée.

— Je vois, fit-elle. Et étais-je une enfant sage ?

— Hmph. Quelquefois meilleure que tes deux frères, quelquefois pire. D'ailleurs, vous essayiez toujours tous les trois de me donner du mal...

Sous ces récriminations, Brie sentit le plaisir et la fierté. La vieille femme l'observa avec encore plus d'attention.

— Oui, reprit-elle, pas assez de sommeil. Je

vais arranger ça. Ce soir, je t'apporterai un verre de lait chaud.

Brie haussa les sourcils.

— J'aime le lait chaud ?

— Non. Mais tu le boiras. Maintenant, je vais faire couler ton bain. Trop d'énervement et trop de docteurs, voilà ce qui ne va pas avec toi. J'ai dit à cette idiote de Bernadette que je m'occuperai de toi ce soir. Mais qu'est-ce que tu as bien pu fabriquer avec tes mains ? Même pas une semaine loin de moi et tu t'es abimé tous tes ongles. Pire qu'une fille de salle. Quand je pense à tout l'argent que tu dépenses en manucure.

Brie s'était redressée tandis que Nanny se plaignait. Il y avait quelque chose dans cette voix chaude et sévère. Quelque chose qu'elle ressentait mais qu'elle n'arrivait pas à définir.

— J'allais souvent chez la manucure ?

— Une fois par semaine, répliqua Nanny.

— Il semble que j'ai bien besoin d'y retourner.

— Tu pourras demander à cette espèce de machin guindé qui te sert de secrétaire de te prendre un rendez-vous. Et pour tes cheveux aussi... Si c'est pas malheureux de voir une Princesse se promener avec les cheveux en désordre comme cela. Ah, c'est beau, tiens ! c'est du joli !

Brie se leva et s'étira. Elle n'avait absolument pas l'impression d'être envahie par cette vieille femme qui grommelait tout en s'activant dans la chambre. Et même quand elle passa une robe de chambre, Nanny resta là à faire ce qu'elle avait à faire.

Quand elle pénétra dans la salle de bains, Brie s'arrêta un instant sur le seuil.

Il y avait une verrière stratégiquement placée au-dessus de la baignoire, qui permettait de voir le ciel tandis qu'on se baignait. Les murs et le sol étaient blancs et d'énormes plantes jaillissaient du moindre espace libre. Mais ce qui dominait le décor, c'était l'énorme baignoire d'un vert profond. En forme de trèfle, elle pouvait très bien contenir trois personnes. Et Brie se demanda un instant si elles les avait contenues. Stupéfaite, elle vit l'eau jaillir comme d'une minuscule cascade.

Elle sentit le parfum de la mousse de bains, c'était le même que celui qu'elle avait utilisé ce matin-là à l'hôpital : l'odeur de Gabriella, se dit-elle.

Après avoir abandonné sa robe de chambre sur le sol, elle se glissa avec ravissement dans l'eau. La température en était idéale : Nanny savait ce qu'elle aimait. Brie découvrit alors que ce bain lui faisait énormément de bien. Plus qu'elle n'aurait pu l'imaginer.

Au bout de quelques secondes, elle se détendit complètement et ses pensées se mirent à voguer librement. Elle se surprit au bout de quelques minutes à penser à Reeve MacGee...

Au bras de son père, Brie descendait le grand escalier. Des cocktails les attendaient au petit salon, lui avait-il dit, sans ajouter qu'il était venu la chercher parce qu'elle n'aurait su retrouver son chemin. Au bas des marches, il lui fit un baise-main.

— Tu es ravissante, Brie.

— Merci, mais cela aurait été difficile de ne pas l'être avec l'aide de Nanny et l'impressionnante collection de vêtements que j'ai trouvée dans ma garde-robe.

Il éclata de rire, ce qui le fit paraître plus jeune.

— Tu disais souvent que c'était là ton seul vice.

— Et c'était bien le seul ?

Il se pencha à nouveau pour embrasser sa main.

— J'ai toujours été fier de toi.

Plaçant son bras sous le sien, il la conduisit le long du corridor.

Quatre hommes les attendaient au petit salon. Reeve, Alexandre, Bennett, ainsi qu'un homme blond plus vieux que Reeve mais plus jeune que son père. Il avança aussitôt vers la Princesse. Une légère claudication affectait sa démarche mais ne lui enlevait nullement toute son élégance et son charme.

— Votre Altesse, c'est bon de vous voir à nouveau parmi nous.

Elle ne sentit rien quand leurs mains se touchèrent, rien quand leurs yeux se rencontrèrent.

— Merci.

Le Prince Armand lui donna avec tact le renseignement qu'elle attendait :

— M. Loubet et moi avions encore un peu de travail à effectuer ce soir. Malheureusement,

M. Loubet ne pourra rester dîner en notre compagnie.

— Toujours beaucoup de travail et peu de plaisir, monsieur Loubet, commenta Brie.

— Nous sommes heureux de vous voir saine et sauve, Votre Altesse.

Brie intercepta le regard que le Ministre échangea avec son père.

— Puisque ce travail de ce soir me concerne, nous pourrions tout aussi bien en discuter autour d'un verre, dit-elle.

Et tandis qu'elle traversait la pièce, elle aperçut le petit hochement de tête approbateur de Reeve. Elle en conçut un soulagement certain.

— S'il vous plaît, messieurs, prenez place.

Puis se tournant vers Bennett et indiquant la table de cocktails, elle lui demanda :

— Ai-je un préféré ?

— Un Perrier avec une rondelle de citron, lui apprit-il avec un sourire. Tu disais toujours qu'il y avait suffisamment de vin à table et qu'il était donc inutile de te troubler l'esprit avant.

— Cela semble très sensé.

Reeve passa derrière le bar et lui confectionna sa boisson. Brie prit son verre avant d'aller s'asseoir aux côtés de Bennett. Les hommes prirent place autour d'elle. N'y avait-il donc que des hommes dans sa vie ? se demanda-t-elle avant d'avaler une gorgée de son eau pétillante.

— Eh bien, vous dirais-je ce que je vois ? déclara-t-elle avant de continuer sans attendre de réponse : je vois qu'Alexandre est ennuyé, que mon père a l'air d'un homme qui avance dans un champ de mines. Et que je suis au centre de toutes ces préoccupations.

— C'est une affaire de famille, affirma soudain Alexandre avec force.

— Les affaires de votre famille sont aussi les affaires de Cordina, votre Altesse, répondit Loubet.

Il parlait d'une voix affable, mais sans affection, se dit la jeune femme.

— Les événements qui ont affecté la Princesse Gabriella, poursuivait-il, l'intéressent bien sûr en priorité, mais ils concernent aussi le gouvernement. J'ai bien peur que cette amnésie temporaire ne soit exploitée par la presse internationale. Imaginez où cela nous mènerait. Nous parvenons déjà à grand-peine à maîtriser l'émotion due à l'enlèvement. Tout ce que je souhaite, c'est donner à notre peuple et à Son Altesse Sérénissime un peu de calme.

— Loubet a raison, Alexandre, intervint Armand.

Le prince parlait, lui, sans gentillesse mais Brie sentit la tendresse sous ses paroles.

— En théorie, répliqua le jeune héritier qui adressa un regard noir à Reeve. Mais nous avons dû déjà mêler des étrangers à cette histoire. Gabriella a besoin de soins et de repos. Quant à ceux qui ont fait ça... Ils le paieront très cher.

Ses doigts menaçaient de briser le verre qu'ils serraient avec colère.

— Alexandre, intervint Brie en posant sa main sur son bras. Avant que quelqu'un paie, il faut que je me souvienne de ce qui s'est passé.

— Tu te souviendras quand le moment sera venu. En attendant...

— En attendant, le coupa son père, Brie doit être protégée de toutes les façons possibles. Et, après réflexion, je suis d'accord avec Loubet : cacher cette amnésie au public ne pourra qu'épargner Gabriella. Si les ravisseurs apprennent qu'elle n'a rien pu nous dire, ils pourraient avoir la tentation de la réduire au silence avant qu'elle ne retrouve la mémoire.

Brie but calmement une nouvelle gorgée de son verre. Malgré ce calme apparent, Reeve vit dans ses yeux qu'il ne s'agissait là que d'une maîtrise qu'elle exerçait sur elle-même.

— Comment pouvons-nous cacher la vérité ?

— Il me semble, Votre Altesse, commença Loubet en se tournant vers la jeune femme, que jusqu'à votre guérison, il serait sage que vous restiez ici, parmi ceux en qui vous pouvez avoir confiance. Il vous suffira simplement de remettre à plus tard vos engagements et rendez-vous extérieurs. Nous pouvons compter sur la discrétion du docteur Franco.

Brie reposa son verre avant de répondre :

— Non.

— Je vous deman...

— Non, répéta-t-elle très gentiment pour Loubet tout en s'adressant directement à son père. Je ne resterai pas ici comme une prisonnière. J'estime avoir été prisonnière assez longtemps. Si j'ai des engagements, je les remplirai.

Bennett sourit et leva son verre pour la saluer.

— Votre Altesse, vous devez comprendre ce

qu'une telle attitude offre de complications et de danger. La police n'a, par exemple, encore aucune idée sur l'identité de vos agresseurs.

— Ce qui signifie, sans doute, que je doive rester enfermée jusqu'à la fin de mes jours ? Je refuse.

— Gabriella, il n'est pas toujours aisé de nous conformer à nos devoirs, intervint doucement son père.

— Peut-être. Pour l'instant, l'expérience me fait défaut. Mais ce que je sais, c'est que je n'ai nulle intention de laisser mes kidnappeurs s'en tirer à si bon compte. Monsieur Loubet, vous me connaissez ?

— Depuis votre plus tendre enfance, Votre Altesse.

— Diriez-vous que je suis quelqu'un de raisonnablement intelligent ?

— Bien plus que raisonnablement.

— Je pense alors, qu'avec un peu d'aide, il sera possible de faire un compromis entre votre méthode et la mienne. Je peux cacher mon amnésie, si vous pensez que c'est là la meilleure chose à faire et je n'aurai pas à rester prisonnière dans ma chambre.

Très discret, un léger sourire se forma sur les lèvres du Prince Armand.

— Votre Altesse, je serai personnellement ravi de vous venir en aide, mais...

— Merci, Loubet, mais monsieur MacGee s'est déjà porté volontaire pour une telle mission, annonça la jeune femme d'un ton gracieux et sans réplique. Tout ce que j'aurai besoin de savoir pour être la Princesse Gabriella, il me le dira.

Reeve sentit les sentiments mitigés qui accueillaient cette suggestion.

— La Princesse voit quelques avantages dans la compagnie d'un étranger.

— Nous discuterons de cela plus tard, fit Armand en se levant. Je regrette que votre emploi du temps ne vous permette pas de rester parmi nous, Loubet. Nous finirons notre travail demain matin.

— Oui, Votre Altesse.

Salutations polies, sortie distinguée. Brie le regarda pensivement.

— Il semble sincère et dévoué. Est-ce que je l'aime ?

Son père sourit en lui prenant la main :

— Tu ne nous as jamais fait part de façon spécifique d'un tel amour.

— Il est d'un ennui mortel, annonça Bennett en se levant. Allons manger. Tu vas voir, ce soir, on va faire le meilleur des repas. Tu vas pouvoir dévorer une douzaine d'huîtres.

Il l'avait prise par la taille et la guidait joyeusement vers la salle à manger.

— Des huîtres ? Je les aime ?

— Tu les adores, répondit-il comme s'il lui confiait un grand secret.

— C'était... amusant de voir Bennett profiter de sa plaisanterie, remarquait Brie deux heures après, comme elle sortait sur la terrasse en compagnie de Reeve.

— Avez-vous appris quelque chose en vous apercevant que vous étiez capable de supporter de faire les frais de son humeur maligne ?

— En fait, oui. J'ai aussi appris que je détestais les huîtres et que je lui revaudrai ça. Il m'a fait avaler un de ces... machins mous, il ne s'en tirera pas si facilement. En attendant, Reeve, j'ai bien l'impression de vous avoir mis dans une situation délicate. Je n'en avais pas l'intention. Mais j'ai bien peur de devoir avouer que maintenant, et même si vous y êtes par ma faute, je ne puis rien y faire.

— Je suis parfaitement capable de me débrouiller tout seul.

Brie s'appuya légèrement contre une rampe de pierre et se mit à sourire.

— Oui... oui, j'en ai l'impression. C'est peut-être pour cela que je me sens si bien avec vous.

La peur lui semblait si loin à présent.

Reeve se rapprocha d'elle.

— En revanche, reprit la jeune femme pensive, Alexandre est... comment dire ? Tendu. J'imagine que c'est en raison de sa situation et des responsabilités qui lui incomberont un jour. Mais il n'a pas décidé de vous aimer.

— Non.

— Cela ne vous inquiète pas ?

— Tout le monde n'est pas obligé de m'aimer.

— J'aimerais posséder une telle confiance en moi-même, murmura-t-elle. En tout cas, quelles que soient les raisons de la froideur qu'il vous manifeste, j'ai dû en ajouter de nouvelles. Quand j'ai dit, tout à l'heure, que je voulais sortir sur cette terrasse avec vous, cela l'a ennuyé. Son sens de la famille est très fort et très exclusif.

— Vous êtes sous sa responsabilité... pense-t-il, fit Reeve.

— Il devra changer d'avis. Bennett est différent. Il semble si insouciant. Peut-être à cause de son âge ou parce qu'il est le frère cadet. Mais il me regarde comme s'il avait peur que je tombe à chaque pas et qu'il voulait se précipiter pour me retenir. Que pensez-vous de Loubet ?

— Je ne le connais pas.

— Moi non plus, répondit-elle. Votre opinion ?

— Il semble que sa position lui vaille bien des soucis.

— Vous êtes un homme très pratique, n'est-ce pas ? Est-ce un trait de caractère américain ?

Il haussa les épaules.

— Il convient de se méfier des opinions toutes faites. Vous me semblez vous aussi pourvue d'un fort sens pratique.

Pensive, elle se mordilla les lèvres.

— Vraiment ? En tout cas, j'en aurai besoin, n'est-ce pas ?

Les contraintes de cette soirée avaient été plus importantes qu'elle ne voulait bien l'admettre, se disait Reeve tout en l'observant s'accouder au balcon. Elle était fatiguée mais il comprenait pourquoi elle avait tant de mal à retourner seule dans sa chambre, là où elle n'aurait que des questions pour toute compagnie.

— Brie, avez-vous songé à la possibilité de prendre quelques jours de repos et de partir ?

Pas de vous enfuir, simplement quelques jours loin d'ici. Ce serait assez normal.

— Je ne peux pas me permettre d'être normale tant que je ne sais pas qui je suis.

— Votre docteur a diagnostiqué une amnésie temporaire.

— Et qu'est-ce que cela veut dire, temporaire ? Un jour ? Une semaine ? Un mois ? Un an ? Non merci, Reeve. Il n'est pas question que je reste assise en attendant que les choses se passent ou ne se passent pas. A l'hôpital, j'ai eu des rêves...

Elle ferma les yeux avant de continuer :

— Dans ces rêves j'étais à la fois éveillée et endormie. Je ne pouvais pas bouger. Il faisait sombre et je ne pouvais pas bouger. Des voix. J'entendais des voix, et je luttais, luttais pour les comprendre, pour les reconnaître, mais j'avais peur. Dans le rêve j'ai peur, je suis terrifiée. Et puis, je me réveille, terrifiée.

Elle avait parlé d'une voix volontairement sans émotion. Et c'était cela justement qui rendait ce récit plus poignant encore.

— Vous avez été droguée.

Très doucement, elle se retourna vers lui. Dans la pénombre, ses yeux étaient très clairs.

— Comment le savez-vous ?

— Par les analyses que vous a faites le docteur. Et il est fort possible, Brie, que même si votre mémoire vous revient, vous ne vous souveniez de rien durant cette semaine. Il vaut mieux vous y habituer dès maintenant.

Elle attendit que sa voix soit assez forte pour répondre :

— Oui, je m'en souviendrai. Que savez-vous d'autre ?

— Pas grand-chose.

— Je vous écoute.

Il hésita à peine.

— Bien, si vous le désirez. Vous avez été enlevée dimanche. Personne ne sait à quelle heure exactement. Vous étiez seule. Dimanche soir, Alexandre a reçu un appel.

— Alex ?

— Oui, il a l'habitude de travailler tard à son bureau le dimanche soir. L'appel a été très court. Il disait simplement que vous aviez été enlevée et qu'on rappellerait plus tard pour fixer la rançon.

— Qu'a fait Alex ?

— Il est allé trouver votre père immédiatement. Les recherches ont commencé aussitôt. Lundi matin, votre voiture fut trouvée abandonnée à soixante kilomètres d'ici, près d'un terrain que vous possédez. Il semble que vous ayez souvent l'habitude de vous y rendre seule. Le lundi après-midi, la rançon fut fixée. Il s'agissait d'argent et, bien sûr, il n'y eut aucun problème pour savoir si elle serait payée. C'est alors qu'il y eut un autre appel. Ils demandaient à présent la libération de quatre prisonniers en échange de votre vie.

— Ce qui compliqua les choses.

— Oui. Deux d'entre eux sont condamnés pour espionnage, expliqua Reeve, ce qui obligeait votre père à consulter le Conseil. Tant qu'il ne s'agissait que d'argent, votre famille pouvait négocier seule. Néanmoins les pourparlers étaient en bonne voie quand on vous a retrouvée au bord de cette route.

— Je dois y retourner, murmura Brie, retourner là où on m'a trouvée et là où on a trouvé ma voiture.

— Pas tout de suite, en tout cas. J'ai accepté de vous aider, Brie, mais à la condition que nous agissions à ma manière.

Les yeux de topaze se plissèrent.

— Ce qui signifie ?

— Quand je jugerai que vous êtes assez forte pour retourner là-bas, nous y retournerons. Jusque-là, nous avancerons prudemment.

— Si je ne suis pas d'accord ?

— Votre père pourrait alors choisir d'appliquer le plan de Loubet.

— Et je resterai enfermée.

— Exactement.

— Je savais que vous ne seriez pas un homme accommodant, Reeve, se contenta-t-elle de répondre. Je n'ai pas vraiment le choix et cela ne me plaît guère...

Un rayon de lune trembla sur sa chevelure pendant qu'elle réfléchissait.

— Très bien, reprit-elle, dès demain je veux commencer à faire ce que je dois faire, en tant que Princesse Gabriella. Je demanderai mon emploi du temps à ma secrétaire...

— Dupont, lui apprit Reeve, Janette Dupont.

— Quel nom ! observa Brie. Bien, je demanderai donc à Janette Dupont mon emploi du temps. Après, je verrai avec vous ce qu'il me faut savoir, puis je remplirai toutes mes obligations. Même si cela veut dire aller faire du shopping toute l'après-midi, ou passer des heures dans un salon de beauté.

— Est-ce ainsi que vous voyez votre vie de Princesse ?

— C'est une possibilité. Je suis riche, n'est-ce pas ?

— Très.

— Eh bien alors...

Elle ne termina pas sa phrase se contentant de hausser les épaules. Quelques secondes passèrent avant qu'elle ne reprenne la parole :

— Ce soir, avant le dîner, je réfléchissais. J'étais dans mon bain et je réfléchissais. Je pensais à vous, en fait.

Très doucement, Reeve enfonça ses mains dans ses poches.

— A moi ?

— J'essayais de vous analyser. Je n'y parvenais qu'à moitié. Si j'ai possédé un jour une certaine expérience des hommes, elle s'est évanouie avec le reste de ma mémoire. Je me demandais si, en vous embrassant, en étant dans vos bras, je retrouverais cette part de moi.

Elle ne ressentait aucun embarras en s'approchant de cet homme qui était presque un étranger.

Reeve racla le sol de ses talons.

— C'est simplement un aspect de mon boulot, Votre Altesse ?

— Peu m'importe comment vous considérez cela, répliqua-t-elle sèchement.

— Et si cela m'importait à moi ?

— Me trouvez-vous repoussante ?

Il vit la façon dont elle le défiait : comme une femme qui était habituée aux compliments les plus flatteurs, les plus imaginatifs. Il décida qu'elle ne les recevrait pas de lui.

— Pas repoussante.

Elle se demanda pourquoi cette réponse sonnait presque comme une insulte.

— Eh bien, alors, êtes-vous engagé auprès d'une femme ? Vous sentiriez-vous malhonnête ?

Il ne fit pas un geste vers elle.

— Je n'ai aucun engagement, Votre Altesse.

— Pourquoi m'appelez-vous ainsi maintenant ? Pour me faire enrager ?

— Oui.

Elle faillit se mettre en colère puis éclata de rire.

— Vous avez failli réussir.

— Il est tard. Laissez-moi vous raccompagner.

— Vous ne me trouvez pas repoussante, vous ne devez votre fidélité à personne, pourquoi, alors, refusez-vous de m'aider et de m'embrasser ? Vous étiez pourtant volontaire pour m'aider.

Malgré l'urgent désir qu'il avait de quitter cette terrasse, ce clair de lune, et cette femme, Reeve restait immobile.

— J'ai dit à votre père que je veillerai sur vous.

— Vous m'avez dit que vous m'aideriez à découvrir qui je suis, répliqua-t-elle. Il est possible après tout, que votre parole n'ait aucune valeur. A moins, ajouta-t-elle d'un ton léger, que vous ne soyez pas homme à apprécier le baiser venant d'une femme.

Sur ce, elle tourna les talons.

Elle n'avait pas fait deux pas quand il l'arrêta.

— Vous êtes décidée à utiliser tous les coups, n'est-ce pas ?

Elle sourit.

— Apparemment.

— Très bien.

Il la prit dans ses bras et se pencha vers elle.

Il posa ses lèvres sur les siennes avec l'intention de rester le plus neutre, le plus insensible possible. Même s'il comprenait les raisons qui la faisaient agir ainsi, il savait que c'était là une situation encore bien plus explosive que ne l'avait prévue le Prince Armand.

Mais quand il sentit les deux lèvres douces fondre sous les siennes, il ne put rester insensible.

Leur étreinte dura longtemps, très longtemps. Et, pour des raisons différentes, elle n'évoqua rien de comparable dans leur passé réciproque.

Gabriella ressentit la brûlure qui la dévorait tout entière. C'était quelque chose d'étrange, qu'elle ne reconnaissait pas vraiment.

Enfin, ils se séparèrent.

— Reeve, je ne suis pas sûre de mieux comprendre, haleta-t-elle au bout de quelques secondes.

Elle semblait étrangement désemparée, remarqua Reeve. Tant mieux, se dit-il en proie lui aussi à un désarroi comparable.

— Nous ferions mieux d'aller dormir.

Chapitre 4

— Etes-vous prête ? s'enquit Reeve.

Il était huit heures du matin. Il avait frappé à la porte de sa chambre. A son signal, il était entré et l'avait trouvée habillée. C'était sa première journée normale. Une journée comme elle avait dû en vivre des centaines et dont elle ne savait encore rien.

Sans un mot superflu, Reeve la conduisit jusqu'à l'étage supérieur où se trouvait son bureau personnel. Cette fois-ci, Brie y pénétra la première.

Agréablement décoré mais sans luxe inutile, il offrait une atmosphère de travail dans un cadre agréable : un énorme bureau en chêne, des tons pastel encore, et beaucoup de fleurs fraîchement cueillies voisinaient avec des classeurs de rangement d'un aspect beaucoup plus officiel.

Brie s'approcha du bureau, ramassa un pétale de rose qui était tombé sur la table.

— C'est donc ici que je travaille.

Elle vit le lourd cahier à couverture de cuir mais n'osa l'ouvrir, de peur de le trouver rempli de rendez-vous pour des séances de manucures, d'essayages...

— Et quel travail suis-je censée exercer ?

C'était un défi. C'était une supplication. Tous deux adressés à Reeve.

Il n'avait pas chômé. Pendant que Brie avait dormi la veille, Reeve avait parcouru les dossiers de la Princesse, son agenda personnel et même son journal. Il restait peu de choses à propos de son Altesse Sérénissime Gabriella de Cordina qu'il ignorât. Et ce qu'il avait appris lui avait donné une image beaucoup plus complexe de la Princesse. Brie Bisset, quant à elle, restait plus secrète et plus fascinante que jamais.

— Vous êtes impliquée dans bon nombre de projets, lui apprit-il simplement. Certains sont d'ordre quotidien ou routinier, d'autres plus officiels.

— Des projets ? répéta-t-elle. Vous voulez dire que mon unique préoccupation n'est pas de me faire soigner les ongles ?

— Vous êtes un peu dure avec Gabriella, ne trouvez-vous pas ? murmura Reeve.

Il posa sa main sur la sienne qui était restée sur le gros cahier de cuir. Pendant cinq énormes secondes, ils restèrent ainsi immobiles.

— Peut-être. Mais je dois la connaître pour la comprendre. Pour l'instant, elle m'est plus étrangère que vous.

— Asseyez-vous, Brie.

La gentillesse qu'elle perçut dans sa voix la fit hésiter. Une femme pouvait-elle se fier entièrement à un homme qui lui parlait ainsi ?

Elle s'assit néanmoins.

— Très bien. Nous voici donc à la leçon numéro un.

— Si vous voulez. Dites-moi comment vous vous imaginez en Princesse.

Il avait pris place sur le coin du bureau, de façon à ce qu'il y ait une distance respectable entre eux deux.

— Vous vous prenez pour un psychanalyste ?

Il soupira.

— C'est une question simple et vous pouvez y répondre très simplement.

Elle sourit et parut se détendre.

— Alors disons... un Prince Charmant, de bonnes fées, en escarpin de vair...

Elle se caressait la joue avec le pétale. Petit à petit son geste se ralentit. Ses yeux s'agrandirent comme s'ils voyaient autre chose que la pièce qui se trouvait devant eux.

— Des hommes dans des uniformes rouges, des carrosses, des robes de satin, des couronnes ou de jolis diadèmes d'argent. Et des gens... une foule de gens qui crient sous les fenêtres. Le soleil est dans vos yeux et il est difficile d'y voir, mais vous entendez. Comme une vague. Une mer de gens dont les voix vous submergent. Douces, agréables, exigeantes aussi.

Elle se tut brusquement. Le pétale tomba sur le sol.

— Est-ce votre imagination ou vous souvenez-vous de tout ceci ?

— Je... ce sont des... des impressions seulement. Elles viennent puis elles repartent. Elles ne restent jamais.

— Ne vous forcez pas.

Le frêle visage se redressa avec fierté :

— Je veux...

— Je sais ce que vous voulez, la coupa-t-il avec calme, avec paresse presque. Je vais vous donner l'emploi du temps d'un jour comme les autres pour la Princesse Gabriella de Cordina.

— Et comment le connaissez-vous ?

— C'est mon métier de savoir. Vous vous levez à sept heures trente. Petit déjeuner dans votre chambre. De huit heures et demi à neuf heures, vous rencontrez le manager du palais.

— Le Régisseur, lui apprit-elle sans comprendre d'où elle tirait cette information. Il s'appelle le Régisseur, pas le manager.

Reeve fronça les sourcils mais ne fit aucun commentaire.

— Vous préparez les menus des repas de la journée. S'il n'y a pas de dîners officiels, vous ne vous occupez que des déjeuners qui sont en général très simples. C'est une tâche dont vous vous acquittez depuis la mort de votre mère.

— Je vois, fit Brie.

Elle attendit la douleur, elle l'espéra même. En vain.

— Continuez.

— De neuf heures à dix heures et demi, ici dans ce bureau, vous travaillez avec votre secrétaire, tenant à jour votre correspondance officielle.

— Depuis combien de temps est-elle avec moi ? demanda Brie brusquement. Cette Janette Dupont ?

— Depuis un peu moins d'un an. Votre

ancienne secrétaire a eu un enfant et a préféré arrêter de travailler.

Cherchant ses mots, Brie posa la question qui lui brûlait les lèvres :

— Est-ce que... avons-nous des relations satisfaisantes elle et moi ?

Reeve haussa les épaules.

— Je n'ai pas entendu de plaintes.

Frustrée, Brie secoua la tête. Comment pouvait-elle lui expliquer qu'elle avait besoin de savoir comment elles se comportaient de femme à femme ? Comment pouvait-elle lui avouer qu'elle ne savait si elle possédait une seule amie féminine qui briserait ce cercle d'hommes dans lequel elle semblait enfermée ? Mais c'était sans doute, là encore, un élément qu'elle devrait découvrir seule.

— Continuez, je vous prie.

— Si vous en avez le temps, vous vous occupez aussi de votre correspondance personnelle. Sinon, vous laissez cela pour le soir dans votre chambre.

— En quoi consiste ma correspondance « officielle » ?

— Vous êtes présidente du Comité d'Aide à l'Enfance Handicapée. Le CAEH est le plus important mouvement de charité de Cordina. Vous êtes aussi déléguée à la Croix-Rouge Internationale. De plus, vous êtes profondément engagée dans le Centre d'Art Plastique qui a été créé sous la présidence de votre mère. C'est à vous de répondre aux femmes de chefs d'état, de diriger et de servir différents comités, d'accepter ou de décliner certaines invitations et de programmer les festivités lors de toute manifestation officielle. La politique et le gouvernement sont le domaine de votre père, et aussi, dans une certaine mesure, du Prince Alexandre.

— Ainsi, je ne me réserve qu'à des tâches... féminines.

Reeve eut un rapide sourire.

— Ce n'est pas ainsi que je décrirais votre travail après avoir simplement jeté un coup d'œil à votre emploi de temps.

— Qui, à ce que je vois, est tout entier consacré à répondre à des lettres.

— Trois jours par semaine, vous vous rendez aux locaux du Comité d'Aide aux Enfants Handicapés, dont vous gérez seule et entièrement tout le côté administratif. Personnellement, je n'ose me représenter les montagnes de dossiers que cela implique. Vous avez assiégé le Conseil National pendant plus de dix-huit mois pour obtenir une augmentation substantielle du budget alloué au Centre d'Art Plastique. L'année dernière, vous avez visité plus de quinze pays pour le compte de la Croix-Rouge. Et vous avez passé près de trois semaines en Ethiopie. Je vous ferai envoyer une copie de l'article à ce sujet dans *World-Magazine.* Il faisait plus de dix pages. Et ils n'ont pas l'habitude de faire du remplissage.

Elle cueillit une rose à nouveau, jouant avec les pétales.

— Mais suis-je efficace ? demanda-t-elle. Est-ce que j'agis ainsi parce que je sais le faire ou bien simplement parce que je sers de jolie potiche qu'on met en avant ?

Reeve sourit à nouveau.

— Les deux. Une séduisante jeune princesse attire l'attention, l'argent, les médias et l'intérêt. Une jeune femme intelligente sait gérer ce capital. Si j'en crois votre journal...

— Vous avez lu mon journal ?

Il leva un sourcil, observant le mélange de rage et d'embarras qui s'imprimaient sur le joli visage. Elle ne savait même pas, se dit-il, s'il y avait là matière à embarras.

— Vous m'avez demandé de vous aider, lui rappela-t-il. Je ne puis le faire que si je vous connais. Mais vous pouvez être soulagée... vous êtes quelqu'un de très discret, Gabriella, même dans vos écrits intimes.

— Vous disiez donc ?

— D'après votre journal, donc, vous n'aimez guère voyager. Mais vous vous y contraignez car c'est nécessaire. Vous devez trouver sans cesse de nouvelles ressources. Je vous assure, Gabriella, que vous travaillez, il n'y a aucun doute à ce sujet.

— Je dois m'en remettre à votre parole pour l'instant. Et je tiens à commencer rapidement. D'abord, si je veux dissimuler mon amnésie, il va falloir que vous me donniez les noms des personnes que je suis censée connaître. Après, j'appellerai Janette Dupont. Ai-je des rendez-vous, aujourd'hui ?

— A une heure au CAEH.

— Très bien. J'ai beaucoup à apprendre d'ici une heure.

Quand il la laissa avec sa secrétaire, Reeve avait donné à Brie plus de cinquante noms, avec descriptions et explications. A son avis, si elle en avait retenu la moitié, cela aurait constitué un véritable petit miracle.

Il se rendit directement au bureau du Prince Armand qu'il trouva en train de boire un café. Reeve déclina poliment son offre et prit place en face du Prince, de l'autre côté du massif bureau.

La pièce était décorée de façon beaucoup plus stricte que celle de Gabriella. Tout ici donnait une impression de pouvoir presque militaire.

— Hier soir, commença le Prince, Bennett m'a fait remarquer que je vous ai peut-être induit dans une situation délicate.

Reeve haussa un sourcil.

— Comment cela ?

— Vous serez désormais sans cesse aux côtés de Gabriella, en privé comme en public. Etant ce qu'elle est, Brie est la proie des journalistes et des photographes. Sa vie est un sujet de discussion... Jusqu'à présent, je n'avais considéré que sa sécurité et son bien-être, ce qui fait que j'ai un peu oublié les implications de votre présence.

— Ainsi que... ma place dans la vie de Gabriella ?

Armand eut un mince sourire.

— Vous m'évitez, et je vous en rends grâce, d'entrer dans des considérations délicates. Bennett est jeune et ses... aventures sont admirablement décrites dans la presse internationale. C'est peut-être pour cette raison qu'il a été le premier à y penser.

Il y avait dans la voix de ce père, un mélange de fierté et d'irritation, nota Reeve avec amusement.

— Je suis ici pour assurer la sécurité de Son Altesse, commenta Reeve. Cela me semble assez simple pourtant.

— Avoir demandé l'aide d'un ancien policier, d'un policier américain, n'est pas simple pour le Prince de Cordina. Cela pourrait même être considéré par certains comme une insulte. Nous sommes un petit pays, Reeve, mais la fierté n'est pas un sentiment proportionnel à la taille d'un pays.

Reeve resta silencieux pendant un moment, considérant les implications de ces paroles.

— Désirez-vous me voir partir ?

— Non.

Il fut étonné d'éprouver un tel soulagement. Il se détendit avant d'affirmer :

— Il me semble difficile à présent de changer ma nationalité.

— Il n'en est pas question... Mais, disons, qu'il serait possible de donner une autre signification à votre présence aux côtés de la Princesse, de façon à mettre un terme aux spéculations.

Cette fois-ci, ce fut Reeve qui sourit.

— Vous voulez parler d'un... prétendant ?

— Vous me rendez à nouveau les choses plus faciles, fit Armand, observant le fils de son ami.

Dans des circonstances moins compliquées, il

n'aurait pas vu d'un mauvais œil une idylle se nouer entre cet homme et sa fille. Bien sûr, celle-ci pouvait prétendre à la main des plus grands aristocrates de ce monde, des héritiers les plus puissants. Mais les MacGee descendaient d'une lignée impressionnante et leur réputation était sans faille. Néanmoins, pour l'heure, là n'était pas la question.

— Disons, qu'il faudrait accomplir un pas supplémentaire, reprit le Prince. Si vous n'avez donc pas d'objections, j'aimerais annoncer vos fiançailles avec Gabriella.

Il attendit une réaction, un geste de la part de Reeve qui se contenta de rester attentif... et muet. Le Prince se passa le pouce sur le menton avant d'ajouter :

— En tant que fiancé, vous pourrez l'accompagner partout sans provoquer de curiosité malsaine.

— On pourrait toutefois se poser la question de savoir comment j'ai pu devenir aussi vite son fiancé, n'étant à Cordina que depuis quelques jours.

Armand hocha la tête, appréciant de voir son ami envisager le problème de façon rationnelle.

— Ma longue amitié avec votre père résout bien des problèmes. Brie se trouvait dans votre pays l'an dernier. Il est tout à fait plausible que vous vous soyiez rencontrés alors et qu'une relation profonde se soit nouée entre vous.

Reeve alluma une cigarette. Il venait de se rendre compte qu'il en avait besoin.

— En général, les fiançailles mènent au mariage, remarqua-t-il.

— Des fiançailles normales, oui, fit Armand. Dans notre cas, cela n'a pas d'importance. Quand le besoin s'en fera sentir, nous annoncerons que Gabriella et vous avez changé d'avis. Les fiançailles seront rompues et vous pourrez chacun reprendre votre propre route. La presse appréciera ce petit mélodrame et personne ne souffrira.

« La Princesse et le Fermier », pensa Reeve.

— Même si je vous donne mon accord, il y a quelqu'un d'autre à consulter, observa-t-il.

— Gabriella fera ce qui est le mieux pour elle et pour son pays, répondit simplement le Prince en homme conscient de son pouvoir. Le choix est le vôtre, pas le sien.

Elle n'avait donc pas le choix. Ne lui avait-elle pas déjà confié que c'était là ce qu'elle abhorrait le plus dans sa situation présente ? se souvint Reeve. Pourtant, il ne pouvait fuir ses responsabilités.

— Je comprends vos raisons. Nous ferons comme vous le désirez, Armand.

Le Prince se leva.

— Je parlerai à Gabriella, annonça-t-il.

Reeve pensait que cette idée n'allait pas plaire à Brie. Et il eut toute la confirmation de son déplaisir quand elle sortit du Palais peu avant une heure.

Elle avait jeté une veste sur ses épaules, du même bleu profond que l'ensemble qu'elle portait. Ses cheveux retombaient librement sur ses épaules. Quant à ses yeux, ils recelaient un éclat dangereux.

Reeve hocha la tête silencieusement à son intention en lui tenant la portière de la voiture. Brie lui lança un regard de travers.

— Vous m'avez poignardée dans le dos.

Elle se laissa tomber dans le siège du passager et regarda droit devant elle.

Reeve avait pris la décision de ne pas se montrer d'une délicatesse qui le mettrait en situation d'infériorité.

— Quelque chose ne va pas, *Chérie?* fit-il après avoir pris place à ses côtés.

Elle sursauta violemment.

— Comment osez-vous ?

Il lui prit la main et la garda entre les siennes malgré les efforts qu'elle fit pour se libérer.

— Gabriella, il vaut mieux parfois faire preuve de légèreté.

— Quelle farce ! Quelle mascarade ! D'abord, il me faut vous accepter comme garde du corps, supporter que vous fouiniez dans tous les recoins de ma vie. Et maintenant, il me faut prétendre que nous allons nous marier. Et pourquoi ? Pour ne pas que mon père ait à avouer avoir embauché un gorille qui n'est ni français ni cordinasque... Pour protéger ma réputation ! *Ma* réputation !

— Et que faites-vous de la mienne ? répondit-il froidement.

Elle se tourna vers lui et lui jeta un regard méprisant.

— J'imagine qu'il me faut croire que vous en possédez une. Mais elle ne me concerne nullement.

Reeve fit gronder le moteur de la petite voiture de sport.

— Elle devrait pourtant, vous êtes ma fiancée, remarqua-t-il.

— C'est une mascarade ridicule.

— Tout à fait d'accord.

Cela brisa l'élan de la jeune femme. Tout à sa rage, elle s'apprêtait à déverser un torrent de récriminations. Elle se tourna vers lui, tandis que la voiture roulait paresseusement parmi les allées du Palais.

— Vous trouvez ridicule d'être fiancé à moi ?

— Absolument.

Elle venait de découvrir un nouvel aspect de sa propre personnalité : elle possédait une bonne dose de vanité.

— Pourquoi ?

— Je ne me fiance pas, en général, à des femmes que je connais à peine. Surtout quand elles se montrent obstinées, égoïstes et d'aussi mauvais caractère.

— Vous êtes donc parfaitement satisfait de savoir que tout ceci n'est qu'une farce ?

— Oui.

— Et pour une très courte durée.

— Le plus court sera le mieux.

— Je ferai mon possible pour ne pas vous retenir trop longtemps.

Là-dessus, elle s'enfonça dans un silence boudeur.

L'immeuble qui abritait le Comité d'Aide à L'Enfance Handicapée était vieux et distingué. Quand la voiture s'arrêta devant l'entrée, Brie sauta aussitôt sur le trottoir. L'angoisse lui tordait le ventre mais elle se dirigea droit vers l'entrée du bâtiment.

Comme elle franchissait la porte d'entrée, elle sentit la main de Reeve se glisser dans la sienne. Elle n'avait fait aucun geste pour cela, mais elle lui était reconnaissante du réconfort qu'il lui apportait. A peine eurent-ils pénétré dans le hall, qu'une femme se précipita au-devant d'eux.

— Oh, Votre Altesse, c'est bon de vous revoir saine et sauve.

— Merci, Claudia.

L'hésitation sur le prénom fut si faible que même Reeve eut du mal à la remarquer.

— Nous ne vous attendions pas, Votre Altesse. Après... après ce... qui est arrivé.

La voix de la jeune femme se brisa et ses yeux se mouillèrent.

Profondément touchée par ce témoignage d'affection, Brie étreignit la jeune femme.

— Je vais parfaitement bien, Claudia. Impatiente de me remettre au travail...

Il existait un lien avec cette femme qu'elle n'avait pas ressenti au contact de Janette Dupont. Mais elle ne pouvait se permettre d'approfondir maintenant cette sensation.

— Voici M. MacGee, ajouta-t-elle. Il... restera quelque temps avec nous. Claudia est au CAEH depuis près de dix ans, fit-elle en se tournant vers Reeve et en lui donnant l'information qu'il lui avait apprise ce matin même. Je crois qu'elle serait capable de faire tourner toute l'organisation à elle toute seule. Dites-moi, Claudia, m'avez-vous laissé quelque chose à faire ?

— Le Bal, Votre Altesse. Comme d'habitude, il y a des complications.

Le Bal Annuel de Charité, Le BAC, se récita silencieusement Brie. Une tradition à Cordina et l'occasion de rassembler la majeure partie des fonds pour le Comité. Tout ce que la planète comptait de gens riches et célèbres tenait à y participer.

— Ah, remarqua Brie, ce ne serait pas le BAC s'il n'y avait pas de complications. Venez, Reeve, voyons si nous pouvons nous rendre utiles.

Quatre heures plus tard, Brie prenait place dans la voiture aux côtés de Reeve en poussant une petite exclamation de joie.

— C'était bien ! Comme je suis contente, vous devez sûrement me trouver idiote.

— Pas du tout. Après tout ce que je viens de vous voir accomplir en quelques heures, je suis au contraire très impressionné. Et, croyez-moi, en tant qu'ancien policier, je sais ce que cela veut dire de devoir traiter toute cette paperasserie.

— Oui, mais elle est utile. Le CAEH est une bonne organisation. Elle est efficace. Tous ces équipements dans les pédiatries : les chaises roulantes, les tuteurs, les appareils pour les sourds, tout cela coûte énormément d'argent. Et cet argent, nous le trouvons. Et cela me donne le sentiment que ma vie est justifiée...

Elle regardait sa bague de saphirs et diamants.

— Cela vous est si nécessaire ?

— Oui. Ce n'est pas parce que je suis née là où je suis née que je n'ai pas à m'en rendre digne. Surtout à présent...

— Que vous ne vous souvenez même pas de votre rang.

— Je ne sais pas comment j'étais avant, murmura-t-elle. Je sais seulement ce que j'éprouve à présent. On m'a donné un titre, mais je sais qu'il y a un prix à payer pour cela. Et c'est juste.

— Vous apprenez vite.

— Il le faut...

Il mit le moteur en route. Elle posa une main sur son bras.

— Reeve, je ne veux pas rentrer immédiatement. Ne pouvons-nous pas aller quelque part ? Peu importe où. J'ai simplement besoin d'être dehors.

— D'accord.

Il comprenait son besoin d'être hors des murs, des restrictions. Lui-même avait grandi dans un milieu très strict. Et il s'était rebellé. Sans même y penser, il se dirigea vers la mer.

La route, au sortir de la ville, était une corniche à flanc de falaise qui longeait la Méditerranée. C'était une route superbe, encore peu encombrée à cette époque de l'année. Reeve trouva un chemin de traverse qui descendait en lacets serrés jusqu'à une plage.

Dès qu'il arrêta la voiture, Brie en descendit. Elle buvait de tous ses sens le paysage qui s'offrait à elle : l'odeur et la rumeur des vagues, le goût du vent, la douceur du sable.

Au loin on apercevait quelques voiliers qui dansaient sur les flots et Brie eut soudain l'impression de sentir la barre sous ses mains, les cordes qui défilaient dans ses paumes. Elle sut qu'elle avait souvent navigué. Peut-être qu'elle naviguerait bientôt à nouveau.

— Certaines choses me semblent familières, murmura-t-elle.

Le vent jouait avec ses cheveux qui étaient presque dorés sous cette lumière. Ils s'assirent ensemble sur un gros rocher.

— Je pense que j'avais l'habitude de venir dans un endroit comme celui-ci simplement pour échapper au protocole.

— Vous pourriez demander à votre père.

Elle baissa la tête. Quand leurs yeux se rencontrèrent, il y vit toute la fragilité qu'ils recélaient encore. Cette fragilité qu'elle tentait de combattre et contre laquelle, lui, Reeve, n'était nullement immunisé.

— C'est difficile de lui demander des choses pareilles, répondit-elle soudain. Je ne veux pas le blesser. Je sens son amour si intense, si protecteur que cela me trouble. Je sais qu'il attend de moi que je me souvienne de tout.

— N'est-ce pas votre cas aussi ?

Elle se retourna vers la mer, silencieuse.

— Brie, est-ce que vous ne voulez pas recouvrer votre mémoire ?

Elle continua à regarder la mer.

— Une partie de moi le veut... désespérément. Et puis, une autre part de moi se dresse contre elle, comme si c'était trop. Si je me souviens de ce qui était agréable, je me souviendrai aussi de ce qui ne l'était pas.

— Vous n'êtes pas lâche.

— Je me le demande, Reeve. Je me souviens avoir couru. La pluie, le vent. Je me souviens avoir couru jusqu'à ce que j'ai cru que j'allais en mourir. Mais, plus que tout, je me souviens de la peur, une peur si grande que j'aurais préféré mourir plutôt que de m'arrêter de courir.

Il comprenait parfaitement ce qu'elle tentait de lui décrire.

— Quand vous aurez retrouvé toutes vos forces, vous ne vous poserez même plus la question : vous vous souviendrez.

— Quelque chose en moi a peur de ce moment...

Elle se tut, regardant la mer. Sentant la lutte qui se déroulait en elle, Reeve resta silencieux, lui aussi. Il ne voulait plus la troubler, la pousser à se souvenir. Il voulait simplement la protéger.

Soudain elle se retourna vers lui.

— Et vous, Reeve ? Quelle est votre vie ? Vous avez arrêté votre métier de policier et vous m'avez dit posséder à présent une ferme.

— Oui.

— Comment devient-on fermier après avoir été aventurier ?

Il rit, amusé par le mot.

— Un beau jour on décide de s'arrêter et on

achète un bout de terrain dans un coin tranquille.

— Mais vous avez connu des endroits beaucoup moins tranquilles, n'est-ce pas ?

Il lui lança un regard calme et si dur qu'elle en déglutit péniblement.

— Oui.

C'était tout. Il n'avait pas envie d'en parler. Et Brie crut en comprendre les raisons. Elle aussi, il y a peu, s'était retrouvée dans une position pénible et tout son être refusait à présent de s'en souvenir.

— Que faites-vous pousser dans votre ferme ?

Il sourit.

— Du maïs, du blé et quelques pommiers.

— Et la maison ? Comment est-elle ? A-t-elle une véranda ?

— Une véranda, oui.

— Une grande véranda ?

— Assez grande. Et qui ne sera plus dangereuse quand j'aurais recloué quelques planches.

— Est-ce que vous vous y asseyez parfois, par une nuit tiède pour écouter le vent ?

Il ébourriffa les cheveux de la jeune femme.

— Seriez-vous tentée par l'oisiveté ? la taquina-t-il.

— En tout cas, je crois que je pourrais facilement passer cinquante semaines derrière un bureau et une montagne de paperasserie, si je savais pouvoir vivre les deux dernières semaines de l'année sous une véranda à écouter le soir et le vent... Vous avez donc du terrain, une maison et pas de femme, pourquoi ?

— Drôle de question de la part de ma fiancée.

— Vous ne voulez pas répondre ? insista-t-elle.

— Vous êtes trop perspicace, Brie.

Il se leva et lui tendit la main.

— Venez, il vaut mieux rentrer maintenant.

Il n'aurait pas dû lui donner sa main, se dit-il, dès qu'elle la prit. Irrésistiblement ils furent attirés l'un vers l'autre.

Cette fois-ci quand ils s'embrassèrent, ils surent tous les deux que ce n'était pas pour répondre à une énigme due à l'état de Brie. Ils s'embrassèrent parce qu'ils en avaient tous les deux envie, parce que c'était presque une obligation qu'ils avaient l'un pour l'autre et parce qu'ils étaient seuls face à la mer.

Quelques minutes plus tard, Reeve murmura :

— Votre famille nous attend.

— Oui, répondit Brie, les obligations d'abord, n'est-ce pas ?

Chapitre 5

— Brie ! Brie ! attends une minute.

Se retournant, Brie porta ses mains en visière pour se protéger du soleil. Bennett venait vers elle en courant, deux chiens-loups sur ses talons.

Son Altesse Royale Le Prince Bennett de Cordina était habillé comme un garçon d'écurie : de vieux jeans déchirés passés dans des bottes en caoutchouc qui avaient sûrement connu de meilleures années. Une tache de boue maculait la manche de sa chemise.

— Doucement, Boris, fit-il comme l'un des chiens se précipitait vers Brie.

Il le retint par le collier, caressant la tête de l'autre d'un geste affectueux.

Boris et... Natacha, pensa Brie, se souvenant des noms que lui avait indiqués Reeve. Même les chiens ne pouvaient être ignorés. Ceux-ci étaient un cadeau à Bennett de la part de l'ambassadeur de Russie.

Bennett contrôlait enfin, et péniblement, ses deux petits monstres.

— C'est la première fois que je te vois dans le jardin de si bonne heure.

— C'est la première fois cette semaine que je n'ai pas de rendez-vous, répondit-elle en souriant, ne sachant trop si elle devait s'en sentir coupable ou contente. Tu as monté ce matin ?

Et elle-même ? Montait-elle à cheval ? Elle n'en était pas sûre mais avait l'impression de savoir se tenir sur une selle.

— Oui, très tôt. Et puis, il y avait à faire aux écuries.

Le frère et la sœur restèrent un moment gênés sur place ne sachant trop que dire. Bennett prit enfin l'initiative :

— Tu n'es pas suivie par ton ombre américaine ? fit-il.

Puis, comme Brie soulevait un sourcil interrogateur, il expliqua, vivement :

— C'est le surnom qu'Alex a donné à Reeve. En fait, il me plaît. Et je crois qu'il plaît à Alex aussi, mais il est bien trop collet monté pour l'admettre. Il a du mal à accepter un étranger dans la famille.

— Nul d'entre nous n'a été consulté, n'est-ce pas ?

Bennett haussa les épaules, nullement embarrassé. L'embarras ne semblait d'ailleurs pas lui être une émotion très familière.

— Oh, moi il me va... fit-il, laissant Boris lui sauter dessus sans prendre garde à ses pattes sales. Il n'est pas rasoir. Je me demande chez quel tailleur il s'habille.

— Tu peux toujours le lui demander, répliqua Brie qui éprouvait pour son frère à la fois de l'amusement et de la tolérance.

— J'en ai bien l'intention... Ça te dérange de l'avoir toujours derrière toi ?

— Non, mais il y a des moments où j'ai envie... dis-moi, Bennett, ai-je toujours éprouvé ce besoin de partir ? Tout le monde est si gentil, si attentionné, mais si seulement je pouvais aller quelque part où je pourrais respirer. Quelque part où je pourrais m'allonger dans l'herbe et tout oublier derrière moi.

— C'est pour cette raison que tu as acheté la petite ferme.

— La petite ferme ?

— Nous l'appelons ainsi, même s'il ne s'agit en fait que d'un bout de terrain sans rien dessus. Tu nous menaces parfois d'y construire une maison.

Une petite ferme, se dit-elle. Voilà pourquoi elle avait éprouvé une telle harmonie avec Reeve quand il lui avait parlé de la sienne.

— Est-ce là que j'allais quand...

Il lâcha les chiens qui ne pouvaient tenir en place avant de lui répondre :

— Oui. Je n'étais pas ici. J'étais à l'école. Et si Père ne change pas d'avis je retournerai à Oxford la semaine prochaine.

Tout à coup, il lui apparut tel qu'il était : un garçon au bord de l'âge d'homme qui devait encore se plier aux décisions de son père. Du plus profond d'elle-même, Brie sentit monter la compréhension et l'affection. Cédant à son impulsion, elle glissa son bras sous le sien et ils se mirent à marcher.

— Bennett, est-ce que nous nous aimons ?

— Quelle question id...

Il se retint. Il ne possédait pas le contrôle de

ses émotions comme son père ou son frère. Mais, avec elle, Brie s'en rendait compte, il faisait des efforts méritoires.

— Oui, nous nous aimons, reprit-il. Cela ne nous est pas très facile d'avoir des amis, tu sais, dans notre position. Mais nous, nous sommes amis. Et tu as toujours été mon intermédiaire auprès de Père.

— Ah oui ? Comment cela ?

— Eh bien, à chaque fois que j'ai des ennuis...

— Cela t'arrive souvent ?

— Il semble.

Cela ne paraissait guère lui déplaire.

— Et moi ? Cela m'arrive-t-il aussi ?

— Tu es plus discrète, lui répondit-il avec un sourire de connivence. J'ai toujours admiré la facilité avec laquelle tu parviens à obtenir pratiquement tout ce que tu désires sans jamais faire de vagues. Il semble que j'en sois incapable. Je suis toujours empêtré dans cette histoire avec cette chanteuse de variété...

— Oh ?

Intéressée, elle releva les yeux vers lui. Mon Dieu, réalisa-t-elle soudain, il était vraiment beau. Il n'y avait pas d'autre mot. Si une femme voulait se représenter le Prince Charmant, il aurait les traits de Bennett.

— Lily, expliqua-t-il, et cette fois-ci son sourire n'avait rien de juvénile mais paraissait plutôt infiniment expérimenté.

Non, pensa-t-elle, ce n'est plus un petit garçon, après tout.

— Elle avait du talent... et du tempérament,

poursuivit-il avec une ironie tout aussi mature que son sourire. Elle chantait dans un petit club à Paris. C'est là que je l'ai rencontrée.

— Et que la presse vous a surpris.

— Bah, à l'époque, cela ne nous paraissait pas très grave. Les journalistes ont ficelé leur histoire, en l'épiçant passablement d'ailleurs au passage, et nous, nous avons continué. La carrière de Lily a pris un essor considérable... Elle a signé un contrat d'enregistrement et... disons qu'elle m'a été infiniment reconnaissante.

— Et toi, bien sûr, tu as modestement accepté ses témoignages de gratitude.

— Bien sûr. D'un autre côté, Père était furieux. Je suis certain qu'il m'aurait reclu à Cordina dans l'isolement le plus total si tu n'étais pas parvenue à le calmer.

Elle haussa les sourcils, impressionnée par une telle performance. L'homme au maintien si rigide et aux yeux si intenses ne semblait guère être du genre qu'on puisse « calmer » facilement.

— Et comment ai-je fait ?

— Si je le savais, Brie, je serai capable de me sortir sans ton aide des mauvais draps où je me mets.

Elle considéra cette réponse, à la fois satisfaite et curieuse.

— Je dois bien me débrouiller.

— Tu es exceptionnelle. Père dit toujours que de tous ses enfants tu es la seule pourvue d'un peu de bon sens.

Elle eut une grimace de surprise.

— Eh bien, quel compliment ! s'exclama-t-elle. Et tu m'apprécies quand même malgré mon bon sens ?

Il eut alors un geste si doux, si naturel que les larmes lui vinrent aux yeux. Il lui ébourriffa les cheveux. Elle chassa les larmes en clignant vivement des paupières.

— Et Alexandre ? demanda-t-elle déviant volontairement le sujet de leur conversation.

— Oh, Alex, ça va, répliqua-t-il avec l'indulgence d'un frère pour son propre frère. C'est lui qui a le plus difficile à faire, après tout. Et la presse ne le laisse jamais tranquille, le mariant avec chaque femme sur qui il pose les yeux plus d'une fois. Il est d'une discrétion insoutenable. Il se doit d'être deux fois meilleur que tout le monde dans n'importe quel domaine, tout simplement parce que c'est ce qu'on attend de lui. Il est l'héritier. Mais avec son fichu caractère, il a du mal à toujours éviter les scènes en public. Tu te rappelles quand ce comte obèse avait trop bu... Oh, je suis désolé...

Son sourire s'était évanoui.

— Ne t'excuse pas, soupira Brie. Ce doit être aussi frustrant pour toi que pour moi.

Il s'arrêta alors et lui prit les mains.

— Ce n'est pas à moi que je pense pour une fois, déclara Bennett. Brie, quand Père m'a appelé pour m'annoncer ton enlèvement... Rien ne m'avait jamais autant terrifié. C'était comme si on m'avait retiré tout mon sang. A moi et à nous tous. Alors, c'est déjà beaucoup de simplement pouvoir te revoir.

Elle serra fortement ses mains dans les siennes.

— Je veux retrouver ma mémoire. Et quand cela arrivera, nous pourrons à nouveau nous promener dans les jardins en riant de ce comte qui avait trop bu.

— Tu pourrais peut-être te choisir une mémoire sélective, suggéra-t-il. Je ne verrais aucun inconvénient à ce que tu ne te souviennes pas du jour où j'ai mis des vers de terre dans ton lit.

Elle écarquilla les yeux comme il continuait à la regarder. Il était débonnaire, innocent et terriblement séduisant.

— Moi non plus, lui accorda-t-elle.

— Tu ne l'avais pas très bien pris, lui apprit-il. Et Nanny m'avait passé un de ces savons !

— On doit enseigner le respect aux enfants.

Cette fois-ci, il grimaça largement et lui pinça le menton.

— Enfants ? Mais c'était il y a moins d'un an.

Quand elle éclata de rire, il hésita un instant puis se laissa aller à son penchant naturel : il la serra contre lui et pressa sa joue contre la sienne.

— Tu me manques, Brie. Reviens vite parmi nous.

Elle resta immobile un moment, profitant de cet instant, de cette familiarité qui lui faisait tant de bien.

— Je vais essayer.

Peu après, ils se quittèrent. Lui retournant aux écuries avec ses deux grands chiens sur les talons, elle, le suivant du regard, heureuse de ces retrouvailles. Heureuse de s'être aperçue qu'elle l'aimait et qu'il l'aimait. Depuis une semaine qu'elle était revenue au Palais, elle devait explorer chacune de ses émotions, chacune de ses pensées les plus intimes. Aujourd'hui cet examen avait été passé avec succès : Bennett était bien son petit frère chéri.

Elle retourna à sa chambre et prit place sur une chaise en face du balcon. Peu à peu, ses yeux se fermèrent sans qu'elle s'en rendit compte. Elle sombra dans le sommeil.

Elle se sentait inexplicablement fatiguée. Comme assommée. Pourtant si elle avait voulu dormir, faire la sieste, elle aurait dû rester au Palais dans sa chambre. Elle n'avait pas besoin de venir ici à sa petite ferme.

Elle souleva avec effort la bouteille Thermos qui contenait le café. Il était noir et fort, exactement comme elle l'aimait. Pourtant, il ne produisit pas son effet habituel : elle continuait à se sentir fatiguée. Peut-être si elle s'allongeait quelques instants contre ce rocher, dans l'herbe...

Puis elle avait changé d'endroit. Elle n'était plus au soleil, elle ne sentait plus la forte et agréable odeur d'herbe. Elle respirait une humidité moisie. Et elle avait mal, partout. Pourtant, cette douleur, elle la sentait à peine. Quelqu'un parlait mais elle ne parvenait pas vraiment à entendre ce qu'il disait. Les mots s'imprimaient en elle.

Ils feront l'échange contre la Princesse, ils n'ont pas le choix. Des murmures.

Elle dormira jusqu'au matin. Occupe-toi d'elle après.

Puis elle eut peur, horriblement peur. Peur jusqu'à l'écœurement. Elle devait se réveiller. Elle devait se réveiller et...

— Brie.

Avec un cri étouffé, elle sursauta dans la chaise, lançant ses bras devant elle comme des mains voulaient la saisir.

— Non ! Ne me touchez pas !

— Doucement.

Reeve la maintint fermement. Elle était frigorifiée, ses yeux étaient hagards.

— Calmez-vous, c'est fini, dit-il d'une voix douce.

— Je croyais...

Elle regarda autour d'elle, la chambre, le soleil, le balcon. Alors elle se força à respirer profondément et calmement.

— J'ai dû rêver.

Reeve l'étudia un moment, plus angoissé qu'il ne voulait le laisser paraître.

— Je vous ai réveillée car vous sembliez faire un cauchemar.

Enfin, il put la lâcher. Cela faisait à peine trois minutes qu'il était arrivé dans sa chambre. Il avait été étonné de ne pas l'entendre répondre quand il avait frappé à sa porte, aussi il était entré et l'avait trouvée en proie à des soubresauts et des gémissements.

Quand elle eût recouvré sa respiration normale, il dit simplement :

— Racontez-moi.

— C'est très confus.

— Peu importe, racontez-moi quand même.

Elle l'examina quelques secondes mi-exaspérée, mi-coléreuse.

— Je vous croyais garde du corps, pas analyste.

— Je peux m'adapter. Et vous ?

Il avait négligemment allumé une cigarette avant de lui répondre.

— Pas vraiment, j'en ai peur.

Puis elle se leva et commença à errer dans la chambre comme un animal en cage. Il lui fallut quelques pas pour trouver le fil de son récit.

— Je n'étais pas ici, mais dans un endroit tranquille. Il y avait de l'herbe. Elle avait une odeur forte et agréable. Il me semble que j'étais à moitié endormie, alors que je désirais au contraire être pleinement éveillée. Cela m'ennuyait beaucoup... Je buvais du café pour essayer de rester éveillée.

L'expression de Reeve se durcit sans qu'elle le remarque.

— Où trouviez-vous ce café ?

Elle fronça les sourcils, comme si c'était là une question stupide à poser quand on raconte un rêve. Elle trouva néanmoins la réponse.

— J'avais un Thermos. Un grand Thermos rouge. Mais le café ne me réveillait pas et je sombrais de plus en plus. Je me souviens que le soleil était très chaud, comme à présent... Et puis... je n'étais plus au même endroit. Il faisait sombre et humide. Je sentais de la boue. Il y avait des voix.

Il se tendit mais sa voix resta calme :

— Lesquelles ?

— Je n'en sais rien. En fait je ne les entendais pas vraiment, je les *sentais* plutôt. Et j'avais peur... j'avais peur et je ne pouvais pas me réveiller et faire arrêter ce rêve.

Elle avait serré ses bras contre sa poitrine.

— Un rêve, murmura Reeve, ou bien des souvenirs ?

Elle fit volte-face, ses yeux lançant des éclairs.

— Comment le saurais-je ? Croyez-vous que je puisse claquer des doigts et dire : ah oui, ça y est, je me souviens maintenant ?

— Allons, calmez-vous.

— Ne prenez pas ce ton avec moi !

Il sourit et se leva.

— Qui pense que vous devriez simplement claquer des doigts, Gabriella ? Personne ne vous pousse que vous-même.

— La gentillesse des autres me pousse.

— Ne vous en faites pas, grommela-t-il, je ne serai pas gentil.

— Ça, je peux y compter... Vous avez dit une fois que j'étais égoïste. Pourquoi ?

— Un mot plus juste serait : tournée vers vous-même ; mais en ce moment vous avez d'excellentes raisons pour cela.

— Vous avez dit aussi gâtée.

— Oui.

Ils étaient face à face.

— Je refuse d'accepter cet épithète.

— Désolé.

— Vous êtes désolé de m'avoir définie ainsi ?

— Non, parce que vous ne l'acceptez pas.

— Vous êtes un homme mal élevé, Reeve MacGee. Mal élevé et opiniâtre.

— Je vous l'accorde. J'avais aussi dit obstinée.

— Cela je l'accepte, mais vous n'avez pas le droit de me le dire.

Alors, il lui fit une très, très lente révérence.

— Je vous demande votre pardon, Votre Altesse.

Brie sentit la gifle se former sur la paume de sa main. Elle se retint à grand-peine.

— Et maintenant, vous osez vous moquer de moi.

— Nous ajouterons futée à la liste.

Elle fit un nouveau pas vers lui, s'approchant dangereusement près.

— Vous semblez avoir délibérément décidé de m'insulter, pourquoi ?

Quand elle était dans cet état de fureur, les yeux brillants, les cheveux comme une auréole de feu autour d'elle, elle était irrésistible. Et Reeve ne résistait pas. Il emprisonna son menton dans l'une de ses mains.

— Parce que cela vous oblige à penser à moi. Peu m'importe comment vous pensez à moi, Gabriella, du moment que c'est de moi qu'il s'agit.

— Soyez satisfait alors, je ne pense pas grand bien de vous.

Il la tenait toujours par le menton et la

surprise qu'elle avait éprouvée devant un geste aussi audacieux ne s'était pas estompée.

— Pensez à moi, répéta-t-il, je ne tresserai pas des pétales de roses quand je vous prendrai dans mon lit. Il n'y aura pas de violons ni de draps de satin. Il n'y aura que vous et moi.

Elle ne recula pas. Par fierté, elle ne recula pas.

— Il semble que ce soit vous qui ayez à présent besoin d'un analyste. Même si je ne m'en souviens pas, Reeve, je *sais* que je choisissais mes amants.

— Et moi aussi.

— Otez vos mains, fit-elle avec suffisamment d'arrogance pour dissimuler la peur.

Il l'attira plus près, juste un peu plus près.

— Est-ce un ordre princier ?

— Prenez-le comme il vous plaira. Il vous faut ma permission pour oser me toucher, Reeve.

— Nous autres américains sommes beaucoup moins à cheval sur le protocole que vous autres, européens, Brie... Si je veux vous toucher, je vous touche. Si je vous veux, je vous prends. Et je vous prendrai quand le moment sera venu pour tous les deux.

En disant cela ses doigts avaient affermi leur prise.

Alors il se passa quelque chose. Brie sentit ses genoux céder. Il faisait sombre à nouveau et le visage en face d'elle était indistinct. Elle sentait une odeur de vin forte et écœurante. La peur la gagna comme une infection saisissant tous ses membres. Brutalement, elle se débattit en hurlant :

— Ne me touchez pas ! Lachez-moi !

Parce que sa voix était plus désespérée que furieuse, Reeve la lâcha, avant de la ressaisir immédiatement avant qu'elle ne s'effondre.

— Brie...

Il la porta jusqu'à la chaise. Elle s'y écroula le visage entre les genoux.

Se maudissant en silence, Reeve lui parlait avec gentillesse et douceur.

— Respirez profondément, détendez-vous. Je suis désolé, je n'avais pas l'intention de faire ce que j'ai dit.

Il ne pourrait pas. Non, il ne pourrait pas. Les yeux fermés, Brie essayait de clarifier le magma de pensées qui s'ébattaient sous son crâne.

Elle se redressa, toujours pâle mais les yeux intenses et sombres. Terrifiés.

— Ce n'était pas vous, commença-t-elle. Ce n'était pas vous du tout. C'était un souvenir... je crois... C'était quelqu'un d'autre. Pendant une minute, je me suis retrouvée ailleurs. Un homme me tenait. Je ne pouvais pas le voir. Il faisait trop sombre ou alors c'est moi qui refusais de le voir. Mais il me tenait et je savais qu'il allait me violer. Il était ivre...

Sa main chercha la main de Reeve et la garda.

— Je pouvais sentir le vin sur lui. Encore maintenant je le sens. Ses mains étaient rudes. Il était très fort mais il avait trop bu...

Elle déglutit. Tout à coup, elle frémit et se dressa à moitié sur la chaise.

— J'avais un couteau. Je ne sais pas comment. J'avais un couteau et je le tenais par le manche. Je crois que je l'ai tué.

Elle baissa les yeux vers sa main : elle ne tremblait pas. Elle la retourna pour regarder la paume : elle était blanche et douce.

— Je crois que je l'ai poignardé avec le couteau et son sang est sur mes mains.

Reeve n'essaya pas de la toucher à nouveau.

— Dites-moi si vous vous souvenez d'autre chose.

— De rien... de rien.

— Il avait un couteau. Je ne sais pas comment. J'avais un couteau et je le tenais par le manche. Je crois que je l'ai tué.

Elle baissa les yeux vers sa main. Elle ne [illegible] pas. Elle la referma pour regarder la paume [illegible] si douce.

— Il [illegible] le poignard avec le couteau et son sang est sur ma main.

Steve n'essaya pas de la forcer à regarder.

— Dites-moi si vous vous souvenez d'autre chose.

— De rien, de rien.

Chapitre 6

Elle n'arrivait pas encore à s'habituer aux visites hebdomadaires que lui rendait le docteur Franco. Pour le moment, il lui prenait sa tension sanguine et Brie observait ses mains habiles et douces s'activer avec sûreté.

Comme elle ne pouvait se résigner aux rencontres, bi-hebdomadaires celles-là, qu'elle avait avec le professeur Kijinsky, le fameux psychiatre. Ces séances consistaient en de longues conversations qui, de l'avis de Brie, n'étaient que du temps perdu. Alors que c'était justement ce temps perdu qu'elle recherchait désespérément.

Pour le moment, sa préoccupation essentielle concernait la préparation du Bal de charité qui aurait lieu la première semaine de juin. Elle venait de passer trois heures en compagnie de la pépiniériste du Palais à choisir le décor floral. Quinze cents invités qui payaient plus de cinq cents dollars chacun pour assister à ce bal avaient droit à un maximum d'égards.

— Votre tension est bonne, annonça le docteur Franco. Physiquement, il semble qu'il n'y ait aucune complication. Ma seule restriction concerne votre poids : deux ou trois kilos de plus ne seraient pas superflus.

— Trois kilos de plus ? Vous voulez que ma couturière devienne folle ? Elle me trouve absolument impeccable en ce moment.

— Bah... son modèle idéal serait un cintre sur lequel elle pourrait suspendre ses tissus. Vous avez besoin d'un peu de chair, Gabriella. Dans votre famille, vous avez tous tendance à être un peu trop minces. Est-ce que vous prenez les vitamines que je vous ai prescrites ?

— Tous les matins.

— Bien, bien... Votre père m'a appris que vous n'aviez pas voulu réduire votre emploi du temps.

— J'aime être occupée, répondit-elle instantanément.

— Voilà qui n'a pas changé. Ma chère...

Posant sa sacoche sur le sol, il s'assit sur le lit à ses côtés. Elle fut surprise de cette attitude si peu formelle : elle commençait à s'habituer aux marques de respect qu'on lui témoignait. Pourtant, ce geste semblait si naturel pour le docteur Franco qu'elle décida qu'il devait l'avoir fait des dizaines et des dizaines de fois auparavant.

— Comme je le disais, continuait-il, physiquement, vous êtes en train de reprendre le dessus. J'ai un grand respect pour les aptitudes du docteur Kijinsky, sinon je ne l'aurais pas recommandé, pourtant j'aimerais que vous me disiez comment vous vous sentez.

Brie soupira.

— Docteur Franco...

Il eut un geste de la main pour repousser la protestation qu'elle allait émettre.

— Je sais, vous n'aimez pas les docteurs. Vous détestez les examens, les questions et les diagnostics. Du temps perdu, pensez-vous, alors que vous avez tant de choses à faire.

Elle sourit, plus amusée que déconcertée.

— Il semble que vous n'ayez pas besoin que je me confie à vous, docteur. Lisez-vous toujours ainsi dans l'esprit de vos patients ?

Il resta de marbre. Seule une lueur de tolérance au fond de ses yeux marqua sa réaction.

— Excusez-moi, fit la jeune femme, c'était impoli de ma part... La vérité est que j'éprouve tant de sentiments contradictoires. Et puis, tout le monde ici semble me comprendre mieux que moi-même.

— Croyez-vous que nous simplifions votre amnésie ?

— Non, non... mais on a l'air de croire que finalement c'est un problème mineur qui se résoudra tout seul. J'imagine que, politiquement, un tel raisonnement est juste.

Franco fronça les sourcils.

— Personne, je dis bien personne, et surtout pas votre docteur, ne prend votre situation présente à la légère. Bien sûr, il est difficile pour ceux qui vous sont très proches de parfaitement comprendre et accepter. Et c'est justement pour cette raison que j'aimerais en parler avec vous.

— Je ne sais pas... commença-t-elle, hésitante.

— Gabriella, je vous ai mise au monde. J'ai soigné vos petits rhumes, vos oreillons, je vous ai enlevé vos amygdales. Votre corps ne m'est pas étranger, pas plus que votre esprit d'ailleurs... Et je sais que vous avez des difficultés à parler à votre père de peur de le blesser.

— Oui, approuva-t-elle. Lui, plus que tout autre. Quand Bennett était là, il est reparti hier à Oxford, c'était plus facile. Il est si détendu, si ouvert. Avec lui, je n'ai pas le sentiment de devoir surveiller chacune de mes paroles. Alexandre, lui, c'est différent. Il est si... euh, rationnel... Pourtant j'ai l'impression que nous formons une famille très unie. C'est la vérité, n'est-ce pas ?

Le docteur Franco réfléchit avant de répondre :

— Une fois par an, vous partez tous ensemble à Zurich. En famille. Pendant deux semaines, vous vivez tous ensemble sans serviteurs, ni étrangers. Vous m'avez dit une fois que cela vous aidait à supporter les cinquante autres semaines.

Elle hocha la tête, comprenant ce qu'il venait de lui donner.

— Dites-moi comment ma mère est morte, docteur Franco.

— Elle était de constitution délicate, fit-il avec prudence. Elle était à une conférence de la Croix-Rouge à Paris et a contracté une pneumonie. Il y a eu des complications. Elle n'est pas parvenue à reprendre le dessus.

Comme elle aurait voulu éprouver quelque chose ! se lamentait intérieurement la jeune femme. Mais elle ne sentait rien, ni douleur, ni... rien.

Elle baissa les yeux.

— Est-ce que... je l'aimais ?

— Elle était le centre de votre famille. Le cœur, l'ancre. Vous l'aimiez, Grabiella, beaucoup.

Croire ces mots était presque, presque aussi réconfortant que ressentir ce qu'ils évoquaient.

— Combien de temps est-elle restée malade ?

— Six mois.

La famille avait dû se serrer les coudes. De cela, elle était certaine. Elle pensa tout haut :

— Nous n'acceptons pas facilement les étrangers.

Franco sourit à nouveau.

— Non.

— Reeve MacGee, vous le connaissez ?

— L'américain ? A peine. Mais votre père le tient en haute estime.

— Alexandre ne l'apprécie pas beaucoup.

— C'est assez naturel, répondit Franco d'une voix douce. Le Prince Alexandre se sent des responsabilités à votre égard et il a du mal à accepter qu'un inconnu vous soit d'un aussi grand secours... Et puis, cette annonce de fiançailles l'a quelque peu perturbé, votre frère se sent personnellement responsable de votre bien-être.

— Et moi ? est-ce qu'on se soucie de mes émotions ? s'emporta brusquement la jeune femme. Cette... cette mascarade, comme quoi tout va pour le mieux dans le meilleur des mondes est grotesque. L'annonce de ces fiançailles n'a été faite qu'hier et déjà les journaux en sont pleins. Et c'est à qui inventera l'histoire la plus rocambolesque. Ils ont tous une opinion, un point de vue. Ils spéculent, font leurs commérages comme s'ils pouvaient décider à ma place de ce qui m'arrive...

Elle reprit son souffle avant de poursuivre :

— Partout, je suis assaillie de questions ridicules. Rien que ce matin, alors que je travaillais à l'organisation du Bal, on m'a interrogée sur ma robe de mariée. Sera-t-elle blanche ? La ferai-je faire par un grand couturier parisien comme ma mère ? Alors que je dois m'occuper de quinze cents personnes, tout ce qu'on voulait savoir c'était si ma demoiselle d'honneur serait cette Princesse anglaise ou cette Comtesse allemande. Je ne me rappelle ni de l'une ni de l'autre, d'ailleurs... En fait, plus nous essayons de dissimuler la réalité plus tout ceci devient absurde.

— Votre père essaye de vous protéger, Gabriella. Vous et son peuple.

— Ce n'est donc jamais deux choses différentes ? s'exclama-t-elle exaspérée.

Puis tout à coup, elle retrouva son calme :

— Je suis désolée. Ce n'est pas juste de m'emporter devant vous. Mais tout ceci est tellement confus. Et Reeve...

Brie s'interrompit, gênée de voir ses pensées s'orienter vers lui.

— Est séduisant, termina pour elle le docteur Franco.

Avec un lent sourire prudent, elle étudia le petit homme à barbe blanche.

— Vous êtes un excellent médecin, docteur Franco.

Il acquiesça gracieusement.

— Je connais mes patients, Votre Altesse.

— Séduisant, approuva-t-elle. Mais pas toujours aimable. Je ne trouve pas son attitude dominatrice particulièrement attirante, surtout s'il doit affecter d'être mon fiancé. Quoi qu'il en soit, je jouerai mon rôle. Quand j'aurai retrouvé ma mémoire, l'américain pourra retourner dans sa ferme et moi à ma vie. Voilà ce que je veux, docteur. Voilà exactement ce que je veux. Je veux me souvenir. Je veux comprendre. Et je veux retrouver ma vie.

— Vous y arriverez, Gabriella.

— Comment pouvez-vous en être si sûr ?

— En tant que médecin, je ne suis sûr de rien. Mais comme quelqu'un qui vous connaît depuis le berceau, j'en suis certain.

Il s'était levé et avait pris sa sacoche.

— C'est cette opinion-là que je préfère, dit Brie.

Il lui tapota la main en signe d'adieu.

— Maintenant, je vais aller rassurer votre père.

— Merci, docteur Franco.

Il s'arrêta une fois arrivé à la porte.

— Ne vous faites plus de soucis, Gabriella, je suis persuadé que tout ira bien à présent.

La porte se referma.

Plus de soucis ? Comment ne plus s'en faire,

ragea la jeune femme une fois seule, et son regard tomba sur le journal qu'elle avait jeté dans sa corbeille à papier. Elle se leva, s'en saisit et l'ouvrit. Le titre s'étalait sur toute la largeur de la page :

LA PRINCESSE GABRIELLA
PRETE A SE MARIER

Brie jura comme uniquement en privé une princesse peut se le permettre. Il y avait une photo d'elle et une autre de Reeve. Elle les étudia à peine une seconde avant de laisser tomber le journal sur le lit. Un rayon de soleil oblique vint éclairer la Une.

Après tout, se dit-elle se forçant à se calmer, l'effet voulu a été atteint. Son père avait eu raison : à présent, on ne se posait plus de question sur l'enlèvement mais sur les fiançailles. Plus personne ne s'interrogeait sur la raison de la présence de Reeve à ses côtés.

On frappa à la porte.

— Entrez.

Brie fronça les sourcils en voyant la haute silhouette de Reeve pénétrer dans la pièce.

— Le docteur Franco dit que vous vous remettez très bien.

Brie prit délibérément le temps de s'installer dans le fauteuil qui faisait face au balcon avant de répondre.

— Le bon docteur vous fait, à vous aussi, ses rapports ?

— J'étais avec votre père.

Reeve avait aperçu le journal sur le lit mais il ne dit rien. Il avait eu lui aussi un sacré choc en voyant sa photo s'étaler en première page. C'était une chose de donner son accord pour un subterfuge, c'en était une autre de voir tout cela transformé en article noir sur blanc.

— Ainsi vous vous sentez mieux ?

— Je vais très bien, merci.

Il fit semblant de ne pas remarquer le ton glacial.

— Votre emploi du temps prévoit-il quelque chose pour demain ?

— Je ne suis pas libre avant midi. L'après-midi, je n'ai rien jusqu'à ce dîner avec le Duc et la Duchesse de Marlborough et M. Loubet et sa femme.

Elle n'était guère enchantée à l'idée de ce dîner qui serait le premier qu'ils auraient en tant que couple officiel.

— Alors vous aimeriez peut-être aller faire de la voile dans l'après-midi ?

— De la voile ?

Elle parut surprise. Puis, suspicieuse à nouveau :

— Est-ce un nouveau moyen de me tenir sous votre surveillance ?

— Ça et autre chose : considérez, Brie, que vous serez loin du Palais et de toute responsabilité pendant quelques heures.

— Oui mais avec vous.

— Deux fiancés sont supposés passer quelques moments ensemble, répliqua-t-il tranquillement tout en s'approchant d'elle. Vous avez donné votre accord au plan de votre père, maintenant il vous faut en accepter les conséquences.

— Seulement en public.

— Une femme dans votre position possède très peu de vie privée. Et j'ai, moi aussi, sacrifié la mienne.

Il avait posé une main légère sur son bras. Elle sursauta à ce contact.

— Vous voulez que je vous plaigne ? Excusez-moi mais cela m'est difficile en ce moment.

— Tout à fait d'accord. Votre coopération me suffirait.

Elle leva un menton arrogant.

— Il semble que ce soit toujours moi qui doive coopérer.

Il eut une moue dubitative.

— Disons que mes efforts sont plus discrets. Officiellement, en tout cas, nous sommes fiancés. Amoureux...

Il avait prononcé ce dernier mot d'une voix étrange. Elle releva vivement les yeux.

— Officiellement.

— Parfois les obligations officielles ont leur utilité. Et puisque nous sommes sur le sujet...

Il sortit une petite boîte de velours de sa poche. Il l'ouvrit du pouce. Un rayon de soleil vint ricocher sur un diamant taillé en losange.

Brie sentit son cœur s'emballer.

— Non.

— Trop conventionnel peut-être ? C'est dommage car il vous irait. Pur, élégant, impeccable.

Tout en parlant il jouait avec la bague dans l'éclat du soleil.

— Donnez-moi votre main, Gabriella.

— Je ne porterai pas votre bague.

Il prit son poignet gauche qui tremblait, de fureur. Et de passion aussi sûrement.

— Ce n'est peut-être pas une façon très romantique d'agir, mais vous la porterez.

Tout en parlant, il avait passé la bague à son doigt et avait refermé la main qu'il emprisonna, comme s'il voulait sceller leur lien.

— Je l'enlèverai, clama-t-elle furieuse.

— Ce ne serait pas très sage.

— Et pourquoi donc ? Vous croyez que cela aussi fait partie du plan de mon père.

— Les fiançailles l'étaient. Mais cette bague, c'est mon idée. Et ceci aussi...

Avant qu'elle ait pu réagir, il se penchait vers elle, emprisonnait son cou dans sa main et déposait un baiser sur ses lèvres.

Il crut qu'elle allait le mordre. Mais quand elle ouvrit la bouche, il sentit le frisson qui la secoua. Elle s'abandonna une fraction de seconde avant de s'échapper.

Enfoncée dans son fauteuil, elle murmura :

— Vous n'avez pas le droit.

— Est-ce vraiment une question de droit ?

Elle voulut essayer une autre tactique.

— Je crois que vous prenez tout ceci un peu trop au sérieux.

— C'est vous qui m'avez demandé d'agir sans trop d'égard.

— Ce qui ne vous est nullement difficile.

— Nullement, sourit-il. Et vous et moi savons qu'il ne s'agit pas simplement d'une mascarade. Cette bague n'est pas seulement une jolie pierre, Brie.

Il avait porté la main à ses lèvres en parlant.

— Je vous ai dit que je ne la porterai pas.

— Et moi je dis que vous la porterez. Réfléchissez : comment expliquerez-vous à chacun qu'étant fiancée, vous ne portez pas de bague de fiançailles ?

— Je pourrai dire que je n'aime pas les bijoux.

Pour toute réponse, il grimaça en effleurant les boucles d'oreilles et la bague de saphirs et diamants qui ornait son autre main.

Elle soupira.

— Soyez maudit.

Elle avait accepté.

— Voilà qui est mieux. Vous pouvez me maudire tant que vous le voulez, du moment que vous coopérez. Par ailleurs, il pourrait vous venir à l'esprit, Votre Altesse, que ceci présente des inconvénients tout aussi importants pour moi.

— Des inconvénients ? Il me semble au contraire que vous jouissez pleinement de la situation.

— Cela s'appelle faire contre mauvaise fortune bon cœur. Vous pourriez essayer d'agir de même. Au lieu de perpétuellement bouder dans votre coin.

— Cessez de me traiter comme une enfant !

— Quand vous accepterez de vous laisser traiter en femme.

— Vous avez réponse à tout, n'est-ce pas ?

— Non, Brie. Pas à tout.

Il lui lança un regard infiniment triste. Elle comprit alors qu'il était sincère. Qu'il souffrait vraiment de la voir dans cet état d'amnésie. Qu'il aurait voulu lui apporter les réponses qu'elle cherchait. Et qu'il essayait simplement de la soulager.

— C'est d'accord, dit-elle.

Interloqué, il fronça les sourcils.

— D'accord pour quoi ?

— Le voilier... demain... nous deux loin du Palais et des obligations.

Elle souriait : elle avait quand même fini par avoir le dernier mot.

Chapitre 7

Parmi toutes les choses que Brie avait oubliées, il en était une qu'elle redécouvrit avec un grand bonheur : naviguer. Si tous les souvenirs qu'elle recherchait pouvaient être aussi doux que celui-ci...

La mer était son élément. Elle s'y sentait plus à l'aise que sur la terre ferme. Elle aurait même pu barrer son voilier toute seule, tellement elle était familiarisée avec le maniement des voiles, cordes et amarres. Elle possédait largement l'habileté et les connaissances nécessaires. Elle en était certaine.

A présent, le bateau prenait de la vitesse. Et Brie se grisait du bruit des flots venant se briser sur la coque.

La vitesse. C'était la seule nécessité pour l'instant. Toute cette puissance qui était sous son contrôle enivrait la jeune femme. Après être restée si longtemps sous le contrôle des autres, voilà qu'à présent elle était libre, entièrement libre.

Elle se mit à rire. Reeve qui s'occupait des voiles se tourna vers elle.

— C'est merveilleux, lui cria-t-elle dans le vent. Si simple, si beau.

Les murs, les obligations, les responsabilités avaient disparu. Seuls comptaient l'eau et le vent. Le soleil qui resplendissait sur la mer, énorme et magnifique. Bloquant la barre de ses genoux, Brie enleva son large tee-shirt de coton. Elle voulait sentir cette chaleur, cette ivresse sur son corps. Elle n'était aucunement gênée de se montrer dans son minuscule bikini. Tout était si naturel, à présent.

Pendant quelques heures, elle serait égoïste, décida-t-elle. Pendant quelques heures, elle ne serait plus princesse mais femme. Une femme caressée par le vent, brunie par le soleil. Elle rit encore.

Reeve s'approcha. Elle maniait la barre d'une main si experte qu'il n'avait plus grand-chose à faire à présent.

— C'est votre bateau, lui dit-il. D'après votre père, Bennett est un grand cavalier, Alexandre peut vaincre des grands maîtres à l'escrime. Mais vous êtes le seul marin de la famille.

— *Liberté,* lut Brie sur l'une des bouées de sauvetage. Il semble que ma petite ferme ne me suffisait pas, j'avais aussi besoin de m'évader grâce à ce bateau.

— Je dirais que c'était un besoin auquel vous pouviez légitimement prétendre, non ?

— Peut-être, répondit-elle, en tout cas, cela me donne l'impression que je n'étais pas si heureuse que cela... avant. Parfois, je me prends à souhaiter de ne plus retrouver ma mémoire, de laisser les choses telles qu'elles sont à l'heure actuelle. Tout est si neuf, vous comprenez ?

— Un nouveau départ, c'est cela ?

Elle leva vivement les yeux vers lui. Oui, un nouveau départ, c'était exactement cela.

— Je ne suis pas en train de dire que je voudrais rester amnésique mais...

Elle n'acheva pas sa phrase. Ils échangèrent alors un long regard. Puis Reeve sourit avant d'enlever lui aussi son tee-shirt.

En découvrant son long corps musclé, Brie se souvint des baisers qu'ils avaient échangés. Elle se souvint de l'étreinte, du contact de ce grand corps. Devait-elle en avoir honte ? se demanda-t-elle. Non. Non, elle n'avait pas honte, réalisa-t-elle. Mais elle restait prudente.

— J'en sais si peu, murmura-t-elle. Sur moi, sur vous.

Reeve avait pêché une cigarette dans une des poches de son tee-shirt et l'allumait à l'aide d'un briquet tempête. Il aspira la fumée avant de demander :

— Que voulez-vous savoir ?

Elle l'étudia un moment. Elle ne savait pas par où commencer.

— Mon père vous fait confiance, déclara-t-elle enfin.

Reeve hocha la tête.

— Il n'a aucune raison de se défier de moi.

— Pourtant, c'est votre père qui est son ami, pas vous.

Il prit une autre bouffée de sa cigarette. Arrogant, voilà le mot que Brie cherchait. Bien sûr, il possédait aussi la grâce et l'élégance. Mais l'une de ses caractéristiques essentielles était bien cette arrogance. Et, malheureusement, cela lui conférait un charme supplémentaire.

— Ne me faites-vous pas confiance, Gabriella ? s'enquit-il d'une voix délibérément lente.

Il la défiait. Ils le savaient tous les deux. C'est pourquoi la réponse qu'elle lui fit le laissa sans voix.

— Je vous confierais ma vie, affirma-t-elle très simplement avant de se tourner à nouveau face au vent.

Quelques secondes passèrent avant qu'elle ne pointe le doigt vers la terre.

— Cette petite crique... elle a l'air déserte.

Ils manœuvrèrent le bateau avec habileté de façon à gagner cet abri naturel. Quand l'ancre fut jetée et les voiles baissées, Brie s'assit sur le pont.

— D'ici, Cordina semble si jolie. Si rose et si blanche. Il semble impossible que quelque chose d'horrible puisse jamais s'y dérouler.

Il regardait dans la même direction qu'elle.

— Les contes de fées sont violents d'habitude, non ?

Elle sourit.

— Oui. Mais, quoi qu'on en pense, Cordina n'est pas un conte de fées. Est-ce que vous, avec votre esprit pratique et démocratique d'américain, vous trouvez tout cela idiot : les palais, le protocole, le luxe ?

Cette fois-ci, ce fut lui qui sourit : elle ne se souvenait peut-être pas de ses racines, mais elles restaient profondément implantées en elle.

— Je trouve ce système intelligent. Vous possédez un des meilleurs ports du monde, je ne parle pas de sa taille, bien sûr. Culturellement, vous n'avez rien à envier à personne. Et économiquement, tout cela tient parfaitement le coup.

— C'est vrai, acquiesça la jeune femme. J'ai moi aussi fait quelques recherches. Et pourtant... Saviez-vous que le droit de vote ne fut accordé aux femmes qu'après la Seconde Guerre Mondiale ? Accordé, comme s'il s'agissait là d'une faveur plutôt que d'un droit. La vie familiale reste encore très méditerranéenne : la femme soumise et l'homme dominateur.

— En théorie ou en pratique ? contre-attaqua Reeve.

— D'après ce que j'ai vu, aussi bien en pratique. Constitutionnellement, le titre de mon père ne peut passer qu'à son héritier mâle.

— Et cela vous ennuie ?

— Bien sûr. Ce n'est pas parce que je n'ai aucun désir de gouverner qu'une loi inique reste justifiée. Mon grand-père a accordé le droit de vote aux femmes. Mon propre père a été plus loin en élevant certaines à des positions d'importance, mais le changement se fait lentement.

— Comme toujours et partout.

— Vous êtes pratique et patient de nature, observa-t-elle. Je ne le suis pas. Quand les changements deviennent nécessaires, je ne vois pas l'utilité d'attendre.

— Tous ne sont peut-être pas de votre avis.

— Surtout ceux qui restent trop engoncés dans leurs principes dépassés.

— Loubet.

Brie hocha la tête d'un air appréciateur.

— Je comprends pourquoi mon père désirait tant vous avoir près de lui, Reeve.

— Que savez-vous de Loubet ?

— Je sais lire, dit-elle simplement. Je sais entendre. Et j'ai appris qu'il s'agit d'un homme très conservateur. Bien sûr, c'est un excellent homme d'état à sa manière mais il est très, trop prudent. J'ai lu dans mon journal qu'il a tenté de me dissuader de faire ce voyage en Afrique l'an dernier. Il pensait que ce n'était pas la place d'une femme. De même qu'il juge indécent de ma part de discuter avec le Conseil National de questions budgétaires... En fait, si on devait suivre des hommes comme Loubet, les femmes devraient se contenter de faire le ménage et les enfants.

— J'ai toujours pensé que ceci réclame des efforts conjoints.

Elle sourit.

— J'ai aussi appris que votre mère était juge dans un tribunal de grande instance. Ce n'est pas très traditionnel, non ?

Son sourire s'élargit en notant la surprise de son compagnon.

— Je vous ai dit que j'ai effectué quelques recherches, lui rappela-t-elle. Vous avez obtenu un diplôme de troisième cycle dans une université américaine et j'ai appris avec intérêt, compte tenu des circonstances, que vous aviez aussi étudié la psychologie.

— Un outil nécessaire dans la carrière que j'avais choisie.

— Sans doute. Après deux années et demi dans la police et trois citations pour bravoure, vous vous mettez à votre compte : une sorte de détective privé. On perd plus ou moins votre trace pendant quelque temps mais on murmure que vous êtes à l'origine de la chute d'un puissant syndicat du crime qui opérait à Washington. Il semble que vous travailliez en liaison avec les autorités officielles...

— Pour quelqu'un qui disait en savoir peu à mon sujet, vous êtes remarquablement documentée.

— Mais cela ne m'apprend rien sur vous.

Soudain, elle se leva, marcha jusqu'au bord du bateau.

— J'ai envie de nager un peu. Vous voulez venir ?

Et, sans attendre sa réponse, elle plongea par-dessus bord.

Reeve la suivit de près.

— C'est bon, soupira-t-elle joyeusement en effectuant quelques brasses paresseuses.

Elle s'était arrêtée pour l'attendre, il la rejoignit d'un crawl aisé et puissant.

— On m'a dit que vous utilisiez la piscine tous les jours, commença-t-elle. Etes-vous un bon nageur ?

Reeve s'était immobilisé devant elle et la regardait avec un plaisir non dissimulé : ses cheveux étaient éparpillés sur l'eau autour d'elle, le soleil les faisait briller d'un éclat superbe.

— Je me débrouille.

— Un de ces jours, je pense que j'irai vous rejoindre. Je commence à rattraper mon retard dans mon travail et je crois pouvoir trouver une ou deux heures. Reeve... vous savez que le Bal de Charité aura lieu dans quelques semaines.

— Il faudrait être sourd et aveugle pour ne pas le savoir. Il règne une telle effervescence avec tous ces ouvriers dans la grande salle de réception.

— Oui, il est nécessaire de revoir quelques détails, commenta-t-elle d'une voix distraite. Si je vous en parle, c'est qu'il me semble que vous deviez être mis au courant. Après tout, vous êtes mon... fiancé. Vous devrez ouvrir le bal avec moi et, aussi, accueillir tous nos invités.

— Et alors ?

Il l'examinait avec attention, se maintenant sur place grâce à quelques mouvements paresseux tandis qu'elle faisait la planche.

— Jusque-là, il sera possible de rester relativement discrets. Le kidnapping est une excellente excuse, tout comme nos fiançailles. Mais le Bal est un grand événement, toute la presse sera là et beaucoup de gens. Je me demande si mon père a pris en considération la pression à laquelle vous devrez alors faire face quand il vous a demandé ce... service.

Reeve se rapprocha d'elle.

— Vous pensez que je ne serai pas capable d'assumer cette tâche ?

Elle éclata de rire.

— Je ne me fais aucun souci. Vous êtes de taille à l'assumer magnifiquement. Après tout, Alexandre admire votre perspicacité et Bennett vos costumes. Vous ne pouviez rêver d'un meilleur parrainage.

Il parut amusé.

— Et alors ? répéta-t-il.

— Eh bien, plus tout ceci dure, plus la pression sera forte. Et même quand nos fiançailles seront rompues, vous aurez à en supporter les conséquences pendant plusieurs années peut-être...

Il se retourna sur le dos et se mit à flotter en fermant les yeux.

— Ne vous faites aucun souci pour cela, Brie. Moi je ne m'en fais pas.

— C'est peut-être pour cette raison que je m'inquiète. Après tout, c'est moi la cause de tout cela.

— Non. La cause c'est votre kidnapping.

Elle resta muette un moment. Puis, se décidant, elle reprit la parole :

— Reeve, je ne vous demanderais pas si vous étiez un bon policier, votre dossier parle pour vous. De même qu'en tant que détective privé. Mais êtes-vous satisfait du travail que vous accomplissez ici ?

— Oui, je suis content de mon travail. J'ai toujours cru en ce que je faisais. Et à présent, je ne suis que les affaires qui m'intéressent.

— Alors pourquoi n'êtes-vous pas en train de

mener une enquête sur le kidnapping au lieu de me servir de chien de garde ?

Reeve changea de position dans l'eau et regarda la jeune femme droit dans les yeux. Il s'était demandé quand elle lui poserait cette question.

— Je suis un enquêteur privé, pas un policier officiel. Je n'ai aucun droit ici.

— Je ne parle pas de loi, ou de règles, je parle de ce que vous aimeriez faire.

— L'une de vos plus admirables, et crispantes caractéristiques, c'est cette perspicacité...

Il hésita, regarda les cheveux épars sur l'eau brillante puis reprit :

— Oui, j'y ai pensé. Mais tant que votre père ne m'en fait pas la demande officielle, mon seul souci concerne votre sécurité. Et uniquement votre sécurité.

Ce disant, il avait allongé une main sur la surface de l'eau et touchait ses cheveux du bout des doigts. Elle ne chercha pas à échapper à ce contact.

— Et si je vous le demandais ?

— Que voulez-vous exactement, Brie ?

— De l'aide. Entre mon père et Loubet, je ne sais pratiquement rien de cette enquête. Tout deux veulent me garder dans un cocon protecteur et je n'aime pas ça.

— Alors vous désirez que j'aille fouiner à droite et à gauche pour votre compte ?

— J'ai bien pensé à le faire moi-même, mais je ne possède pas votre expérience. Et puis, étant obligée de vous avoir partout avec moi, j'ai pensé qu'il valait mieux vous demander conseil.

— M'auriez-vous trouvé une autre utilité, Votre Altesse ?

Haussant un sourcil, elle parvint à prendre un air digne malgré son envie d'éclater de rire.

— Ce n'était pas une insulte.

— Non, probablement pas... J'y réfléchirai.

— J'imagine que je devrai me contenter de cette réponse... Et si nous essayions ce poulet froid que Nanny nous a préparé ?

Et, à nouveau, sans attendre sa réponse, elle gagna le petit voilier d'une nage coulée. Elle se hissa à bord.

Reeve la rejoignit et resta un moment immobile sur le pont.

— Nanny vous prépare toujours quelque chose quand vous sortez ?

— Elle adore ça. Pour elle, nous ne sommes encore que des enfants.

— Eh bien, ce n'est pas la peine de laisser cette bonne nourriture se gâcher.

— Ah, ah, toujours aussi pratique !

Elle s'était emparée d'une serviette et s'ébouriffa brièvement les cheveux avant de la laisser tomber sur une banquette.

— Eh bien, descendez avec moi à la cabine. Je crois bien que nous avons aussi droit à de la tarte aux pommes.

Ils descendirent ensemble et commencèrent à sortir les victuailles. Brie observa :

— Vous semblez très à l'aise sur un bateau.

— J'avais l'habitude de faire beaucoup de voile avec mon père.

— Avais ?

Reeve déboucha une bouteille de vin avant de répondre :

— Nous n'avons guère eu le temps de naviguer ces dernières années.

— Mais vous sentez-vous proche de lui ?

— Oui, nous sommes très proches l'un de l'autre.

— Est-il comme mon père ? s'enquit-elle en produisant deux verres. Est-il très digne et brillant ?

— Est-ce ainsi que vous voyez votre père ?

Elle fronça les sourcils tandis qu'il versait le vin.

— J'imagine. Il est attentionné aussi mais très réservé. C'est normal pour un homme comme lui. Vous êtes un peu comme lui, vous aussi.

Il sourit en trinquant avec elle.

— Je suis digne, brillant ou attentionné ?

— Réservé, répliqua-t-elle en lui lançant un regard malicieux par-dessus son verre. Je me demande toujours à quoi vous pensez quand vous me regardez.

Le vin était frais et sec.

— Je crois qu'en ce moment vous le savez.

— Pas entièrement.

Elle avala une autre gorgée pour se donner le courage de poursuivre :

— Je sais que vous voulez faire l'amour avec moi.

Il ne cilla pas.

— Oui.

Brie baissa son verre mais le tint de ses deux mains.

— Je me suis demandé pourquoi. Désirez-vous toujours faire l'amour avec toutes les femmes que vous rencontrez ?

En d'autres circonstances, Reeve aurait pensé qu'elle cherchait à plaisanter mais sa question était aussi simple qu'elle le paraissait.

— Non.

Elle parvint à sourire.

— Toutes les autres alors ?

— Seulement celles qui présentent certaines caractéristiques.

— Qui sont ?

Il reposa son verre et enserra le visage de la jeune femme entre ses deux mains.

— Si, quand je me réveille le matin, je pense à elle avant toute chose et que j'en oublie la date et l'heure.

— Je vois...

Elle fit tourner son verre entre ses doigts, puis :

— Pensez-vous à moi quand vous vous réveillez le matin ?

— Cherchez-vous à être flattée, Gabriella ?

— Non.

— Quoi alors ?

— A comprendre. Ne sachant rien de moi ou de mon passé, je veux comprendre si je suis attirée par vous ou simplement par l'idée d'être avec un homme.

— Et alors, êtes-vous attirée par moi ?

— Cherchez-vous à être flatté ?

La même lueur d'humour passa dans les yeux bleus de Reeve que dans les yeux topaze de Brie. Il se pencha pour effleurer brièvement ses lèvres.

— Non, chuchota-t-il. Il semble que nous recherchions tous les deux la même chose.

— Peut-être, murmura-t-elle d'une voix rauque. Peut-être... est-il temps de savoir si nous l'avons trouvée...

Elle posa deux mains hésitantes sur les épaules de Reeve.

C'était ainsi qu'il l'avait toujours voulue, se disait Reeve. Loin du Palais, loin des murs. Avec seulement le clapotis de la mer autour du bateau. La cabine était petite et basse. Il y avait des ombres. Il y avait du soleil. Ils étaient seuls.

C'était ainsi qu'il l'avait voulue, pourtant Reeve se surprit à hésiter. Elle semblait si frêle. Délicate. Et il était ici pour la protéger.

— Tu n'es pas si sûr de toi, murmura Brie.

Elle réalisa qu'il doutait, qu'il avait des arrière-pensées, et curieusement cela la soulageait. Comme elle se serait sentie mal à l'aise, si elle avait été la seule à trembler, la seule à avoir peur.

— Je viens à toi sans passé, déclara-t-elle doucement mais fermement. Essayons, rien que maintenant, d'oublier que nous avons un futur. Rien qu'aujourd'hui, Reeve. Pour une heure... pour un instant.

Alors leurs lèvres se rencontrèrent, curieuses, passionnées, affamées.

Ils se levèrent noués l'un à l'autre dans la

même étreinte, le même geste. Ils savaient que ce moment leur appartenait et leur appartiendrait de toute éternité.

Les mains de Reeve volèrent sur le dos de Brie, les mains de Brie exploraient le dos de Reeve. Une bretelle glissa sur l'épaule de la jeune femme. Elle perdit le haut de son bikini. Une bouche brûlante vint tracer un sillon brûlant dans la douce vallée qui séparait ses seins. Elle frémit. Reeve prit un des hémisphères de chair dans sa main et le titilla du bout de la langue. Le frémissement se transforma en tremblement.

Ils basculèrent sur une étroite couchette.

Ai-je déjà ressenti, connu ceci avant ? se demanda dans un éclair la jeune femme. Mais soudain cette question n'offrait plus d'importance. Seuls comptaient ces contacts, ces effleurements, ces baisers qu'elle recevait et qu'elle rendait avec une folle passion.

Leurs bouches s'unirent à nouveau. Ils étaient nus à présent, les jambes mêlées, les bras étreignant ce corps qu'ils voulaient tous deux connaître, posséder, explorer jusqu'à ses tréfonds.

Alors, tout ne fut plus que rythme et volupté. La mer les berçait, le soleil veillait sur eux, le vent les emportait.

Le bonheur, s'aperçut-elle, est parfois comme un long voyage furieux et incontrôlable. Douloureux par moments, quand des ongles s'enfonçaient dans la chair, mais si bon, si prenant, si exaltant.

Ils avaient perdu tout contrôle d'eux-mêmes et

pourtant ils étaient ensemble, merveilleusement unis et attentifs l'un à l'autre.

Elle regardait le soleil qui pénétrait dans la cabine. Ainsi c'était la première fois, se dit-elle. Elle entendit la mer, les vagues, toujours le même bruit, le même calme. Mais Gabriella ne serait plus jamais la même.

Il était avec elle, encore mêlé à elle. Il la regardait.

— Des regrets ? demanda-t-il.

— Non. Et toi ?

Il dessina son visage du bout du doigt, s'arrêtant sur le nez, le menton, les oreilles, le cou.

— Comment pourrais-je regretter alors que je viens de recevoir quelque chose d'aussi beau ?

Il l'embrassa, doucement, très doucement.

— Comment pourrais-je regretter d'avoir fait l'amour avec toi, Gabriella, alors que je me languis déjà de recommencer ?

Reeve vit les lèvres de Brie s'arquer en un sourire incroyablement tentateur.

Oui, se disait-elle, ce n'était qu'un moment et il était à eux. Et ce petit moment durerait autant qu'ils voudraient tous deux le faire durer.

Chapitre 8

Brie se trouvait dans la grande salle de réception, absolument incapable de faire ce qu'elle avait à faire. Immobile devant l'une des grandes fenêtres, elle regardait le changement de la Garde s'effectuer dans la cour du Palais tout en se demandant pourquoi sa vie devenait si pénible.

Depuis cette merveilleuse après-midi, Reeve lui avait à peine adressé la parole. Bien sûr, il se montrait d'une politesse et d'une attention sans faille mais il se gardait bien de l'approcher de trop près. Il s'était parfaitement débrouillé pour ne pas avoir à la toucher.

Pourquoi agissait-il ainsi ? Etait-ce parce qu'il avait obtenu ce qu'il cherchait ? Gabriella n'osait le croire. Soudain, du coin de l'œil, elle sentit une présence à ses côtés. Elle sursauta et se retourna.

— Alexandre ! Tu m'as fait peur...

— Je ne voulais pas te déranger. Tu semblais... pensive.

Elle se recomposa rapidement une attitude et lui adressa, sans même s'en rendre compte, le sourire officiel qu'elle accordait à chacun sauf à Reeve.

— J'observais la Garde. Ils sont si drôles dans leurs uniformes. J'étais en train de vérifier que tout était en ordre pour le Bal. Il est difficile de croire qu'il reste si peu de temps avant le grand jour et encore tant de choses à faire. Presque tout le monde a donné sa réponse, alors...

— Brie, faut-il vraiment que tu me parles comme si tu avais à te montrer polie envers moi ?

Elle ouvrit la bouche, puis la referma. Il avait parfaitement décrit son attitude.

— Je suis désolée. Tout est encore si difficile.

— Je préfèrerais que tu ne me récites pas ta leçon apprise par cœur. Tu sembles ne pas en éprouver la nécessité avec Reeve.

La voix de Brie trembla quand elle répondit.

— Je me suis déjà excusée une fois. Je n'ai pas l'intention de recommencer.

— Ce ne sont pas des excuses que je recherche. Ce que je veux, c'est que tu accordes à ta famille la même considération que celle que tu as pour un étranger.

— Est-ce un avis ou un ordre ? s'enquit-elle d'une voix pleine de défi.

— Personne n'a jamais été capable de te donner un ordre, répliqua Alexandre avec impatience et colère. Et tu n'as jamais non plus suivi les avis qu'on te donnait. Si cela avait été le cas, il n'aurait pas été nécessaire de faire appel à un étranger pour veiller sur toi.

— Je ne vois pas la nécessité de toujours ramener Reeve dans cette conversation.

— Non ? Qu'y-a-t-il exactement entre vous ?

Une flamme dansa dangereusement dans les yeux de la princesse.

— Cela ne te regarde pas.

— Bon sang, Brie, je suis ton frère.

— C'est ce qu'on m'a dit, rétorqua-t-elle, oubliant dans sa colère le mal qu'elle pouvait causer. Mon frère *cadet*. Je n'ai de comptes à rendre ni à toi, ni à personne, sur ma vie personnelle.

— Je suis peut-être plus jeune, grinça Alexandre entre ses dents serrées, mais je suis un homme et je sais ce qui se passe dans la tête d'un homme quand il regarde une femme à la manière dont l'américain te regarde.

— Alexandre, tu devrais cesser de l'appeler l'américain, comme s'il était d'une espèce inférieure. De plus, si je n'appréciais pas la façon qu'il a de me regarder, j'y mettrais un terme. Je suis parfaitement capable de prendre soin de mes affaires.

Cette fois-ci, Alexandre s'emporta.

— Si c'était vrai, nous n'aurions pas vécu cette horreur, il y a quelques semaines ! Pendant des jours et des jours, nous avons attendu, prié, supplié, sans pouvoir rien faire. Est-ce qu'il ne te vient pas à l'esprit que nous avons traversé un véritable enfer ? Peut-être que toi tu ne te souviens pas de nous, peut-être que pour l'instant nous ne signifions rien pour toi. Mais cela ne change rien à ce que nous nous éprouvons pour toi.

Des larmes roulaient sur les joues de Brie. Des larmes dont elle n'avait aucune conscience.

— Et crois-tu que j'aime ça ? Est-ce que tu as une idée des efforts qu'il me faut... et toi, tout ce que tu trouves à faire c'est de me critiquer, de m'insulter !

L'expression du jeune Prince s'adoucit. Il posa une main sur son bras.

— C'est ce que j'ai toujours fait, fit-il gentiment. Tu disais que je m'entraînais à gouverner Cordina en essayant de vous gouverner Bennett et toi. Je te demande pardon, Brie. Je t'aime. Et je ne peux pas m'empêcher de t'aimer.

— Oh, Alex.

Elle alla à lui, l'étreignant pour la première fois. Il était si grand, si raide, si digne. Mais cette fois-ci, elle éprouvait de la fierté à l'idée qu'il était son frère.

— Est-ce que nous nous disputions toujours ainsi ?

— Toujours, murmura-t-il en la serrant contre lui avant d'embrasser le sommet de sa chevelure. Père disait que c'était parce que nous croyions toujours tout savoir.

— Eh bien, voilà au moins une certitude à laquelle je ne peux plus prétendre...

Elle s'écarta et leva les yeux vers son frère :

— S'il te plaît, Alex, n'en veux pas à Reeve. Moi aussi, je lui en ai voulu au début, mais le fait est qu'il se sacrifie entièrement pour nous, alors qu'il serait bien mieux chez lui.

Alex s'enfonça les mains dans les poches et regarda par la fenêtre.

— C'est difficile. Je reconnais tout ce qu'il fait... En fait, il me plaît.

Brie sourit en se souvenant que Bennett avait utilisé une formule semblable.

— C'est bien ce que je pensais.

— Mais c'est assez pénible de voir toute cette affaire dépasser le cadre de la famille. Loubet est malheureusement inévitable.

— Te mettras-tu en colère si je disais que je préfère avoir Reeve avec moi plutôt que Loubet ?

Pour la première fois, elle vit Alexandre sourire. Ce fut rapide et réconfortant.

— Si tu me disais le contraire, je serais certain que tu as perdu l'esprit.

— Vos Altesses.

Alexandre et Gabriella se retournèrent ensemble. Janette Dupont leur fit une révérence impeccable.

— Je vous demande pardon, Princesse Gabriella, Prince Alexandre.

Elle était, comme d'habitude, impeccable avec ses cheveux tirés en un chignon très serré. Sa diction était claire et méticuleuse. Son tailleur était beaucoup trop classique, au goût de Brie. Janette Dupont était efficace, intelligente, rapide et discrète. Quand elle se trouvait dans une pièce avec plus de trois personnes on ne la remarquait plus. C'était peut-être pour cette seule raison que Brie se sentait prête à lui témoigner une certaine gentillesse.

— Oui, Janette ?

— Vous avez reçu un appel téléphonique, Votre Altesse, de Mlle Christina Hamilton.

— Mlle...

Brie s'arrêta, fronçant les sourcils, essayant de

retrouver ce qu'elle avait réappris en compagnie de Reeve.

— Tu as été à l'université avec elle, lui rappela Alexandre en posant une main tendre sur son épaule. Elle est américaine. C'est la fille d'un entrepreneur.

— Oui, je suis déjà allée la voir à Houston. La presse semble certaine qu'elle assistera à mon mariage et en fait même ma demoiselle d'honneur. A-t-elle laissé un message, Janette ?

— Elle m'a demandé de vous dire, Votre Altesse, qu'elle vous rappellera à onze heures précises.

— Je vois.

Brie consulta sa montre. Cela lui laissait une quinzaine de minutes.

— Eh bien, reprit-elle, je crois que je ferais bien de retourner à mes appartements. Janette, voulez-vous vérifier si les rideaux sont bien arrivés ? Je crois que je n'en aurai guère le temps maintenant.

— Bien sûr, Votre Altesse. Prince Alexandre...

Et elle tourna les talons non sans leur avoir adressé la même impeccable révérence.

— Quelle femme extraordinairement inintéressante, commenta Alexandre dès qu'elle eut disparu.

— Alex, le réprimanda Brie automatiquement même si elle était entièrement d'accord avec lui.

— Je sais que ses références sont impeccables et son efficience indiscutable, mais Dieu que ce doit être ennuyeux de devoir travailler avec elle chaque matin !

— Je dois bien avoir eu une bonne raison pour l'engager.

— Tu disais que tu voulais de quelqu'un à qui tu ne t'attacherais pas trop. Quand Alice, celle qu'a remplacée Janette, est partie, tu étais inconsolable.

— Eh bien, je ne me suis vraiment pas trompée... Je ferais bien de retourner à ma chambre avant que cet appel n'arrive. Amis ?

Elle avait tendu la main. Alexandre la prit en souriant et en esquissant une révérence un peu moqueuse.

— Amis, mais je garde un œil sur l'américain.

— Comme tu voudras, déclara-t-elle en lui rendant sa révérence.

Dès qu'elle parvint à sa chambre, Brie fouilla dans ses notes : de petits cartons dactylographiés qu'elle avait elle-même réalisés d'après les indications fournies par Reeve et par sa secrétaire. C'était son unique moyen d'établir un lien avec tous ces gens qu'elle avait connus auparavant.

Christina Hamilton, lut-elle. Elle avait été sa meilleure amie. Elles avaient passé quatre années ensemble à la Sorbonne à Paris. En fermant les yeux, Brie parvenait presque à revoir Paris, ses lumières, le ciel bas et lourd de septembre... mais elle n'arrivait pas à se faire une idée du visage de Christina Hamilton.

Chris, se corrigea-t-elle en notant le surnom qu'elle avait inscrit en lettres capitales. Chris avait étudié les Beaux-Arts et possédait à présent une galerie d'art à Houston. Il y avait aussi cette jeune sœur, Eve, dont les frasques amusaient et désespéraient tant Chris. Les sourcils de Brie se soulevèrent quand elle vit les noms de tous les hommes avec lesquels Chris semblait avoir été très proche. Mais à vingt-cinq ans, elle restait célibataire. Une femme d'affaires indépendante et épanouie.

Se pouvait-il qu'elle ait éprouvé de l'envie ou de la jalousie à l'égard de son amie ? se demanda alors la jeune femme. Les faits, les événements pouvaient être enregistrés, pas les sentiments.

Quand sa ligne privée sonna, elle tenait toujours à la main les deux petits cartons.

— Allô...

— Le moins que tu pourrais faire quand ta meilleure amie t'appelle de l'autre côté de l'Atlantique, c'est d'être disponible.

Elle aima la voix immédiatement. Une voix chaude, précise et pourtant un peu paresseuse.

— Chris... elle hésita avant de poursuivre en se fiant à son instinct : tu ne sais toujours pas que mes devoirs princiers m'obligent souvent à travailler ?

Un éclat de rire la récompensa, mais Brie ne parvint pas à se détendre complètement.

— Et toi, tu sais très bien que si cette couronne pèse trop lourdement sur ta fragile petite tête, tu peux toujours venir t'amuser à Houston. Comment vas-tu, Brie ?

Bizarrement, elle se prit à souhaiter tout dire. Tout raconter. Il y avait quelque chose de réconfortant dans cette voix sans visage.

— Je... je vais bien, proféra-t-elle pourtant d'une toute petite voix.

— Hé, c'est moi, Chris ! Tu te souviens de Chris, non ? Oh, Brie, quand j'ai appris pour l'enlèvement, j'ai failli... J'ai parlé à ton père, tu sais. Je voulais venir. Mais il pensait qu'il valait mieux pour toi que tu puisses récupérer tranquillement.

— Il avait raison. Mais je suis heureuse que tu aies voulu venir.

— Je ne vais te poser aucune question sur cette histoire, je suis persuadée qu'il vaut mieux tout oublier.

Brie ne put retenir un rire nerveux.

— Il semble que ce soit exactement ce que je suis en train de faire.

Chris attendit un moment, ne semblant pas vraiment comprendre la réaction de son amie.

— Non, en fait, je voulais te demander ce qui se passe en ce moment de si mystérieux à la cour.

— Ce qui se passe ?

— Cette incroyable histoire d'amour qui fait les délices de la presse internationale. Brie, je sais que tu as toujours été très discrète mais de là à ne m'avoir jamais, jamais, parlé de Reeve MacGee...

— Euh... j'imagine que c'est parce que je savais pas trop que dire. Tout s'est passé si vite. Reeve n'est ici que depuis un mois.

Au moins, remarqua amèrement la jeune femme, c'était la vérité.

— Et que dit ton père ?

— Oh, en fait c'est pratiquement lui qui a tout arrangé, d'une certaine manière.

— Eh bien ! Un ancien flic américain ! toi qui disais que tu n'épouserais jamais quelqu'un de trop respectable.

Brie sourit.

— Apparemment j'étais sérieuse.

— En fait, je me demandais quand tu ferais le grand plongeon. Tu as toujours été trop intelligente pour ton propre bien. Tu te souviens de ce mannequin dans notre classe de dessin à Paris ? Celui avec ces pectoraux si impressionnants ?

— Heu... oui. Mais je crois me souvenir qu'il te plaisait davantage qu'à moi.

— Ah, ah, comme d'habitude. Bon, là n'est pas la question. En fait, je t'appelais pour m'inviter dans ton merveilleux Palais.

— Tu sais que tu es toujours la bienvenue, répondit Brie dont les méninges fonctionnaient à toute allure. Tu seras là pour le Bal, n'est-ce pas ?

— C'était ce que j'avais en tête. J'espère que tu ne m'en voudras pas si j'amène Eve avec moi. Elle est en train de rendre mon père complètement fou. Brie, cette gosse veut devenir actrice.

— Oh ?

— Tu connais papa ? Pour lui, tout ce qui compte, ce sont les affaires. Il ne peut pas imaginer sa fille en train de faire des grimaces devant une caméra... Donc, si tu arrives à trouver un ou deux matelas quelque part...

— Nous avons toujours des remises qui ne servent à rien.

— Je savais bien que je pouvais compter sur toi. Nous arriverons la veille du Bal. Bon, je t'embrasse. Au fait, Brie, quel effet cela fait-il d'être amoureuse ?

— Euh... c'est un peu... troublant.

Chris éclata de rire.

— Qu'est-ce que tu croyais ? Prends bien soin de toi, je serai bientôt avec toi.

— Au revoir, Chris.

Après avoir raccroché, Brie contempla le récepteur. Ainsi, elle y était parvenue : sa meilleure amie n'avait rien soupçonné. Elle avait réussi à tromper Chris. Dans un mouvement d'humeur, la jeune femme rejeta les petits cartons qu'elle avait si soigneusement fabriqués. Ils s'éparpillèrent sur le sol.

Un coup discret fut alors frappé à la porte de la chambre.

— Oui, entrez.

— Excusez-moi, Votre Altesse, fit Janette en pénétrant dans la pièce avec son habituelle discrétion. J'ai pensé que vous aimeriez savoir que les rideaux sont bien arrivés et qu'ils sont en train d'être suspendus... Avez-vous reçu votre appel ?

Même si elle avait remarqué les cartons sur le tapis, elle n'en fit pas mention.

— Oui, oui. J'ai parlé à Mlle Hamilton et vous pouvez dire à mon père que tout s'est très bien passé, qu'elle ne soupçonne absolument rien.

— Je vous demande pardon, Votre Altesse ?

— Auriez-vous le front de nier que vous me surveillez pour son compte ? s'exclama Brie en s'approchant de la jeune femme d'un air menaçant.

— Votre bien-être est notre seul souci, Votre Altesse, répondit Janette qui gardait toujours ses mains sagement croisées devant elle. Si je vous ai offensée, ou dérangée...

— Le procédé m'offense, rétorqua Brie.

— Je sais que Votre Altesse doit éprouver...

— Vous ne savez rien de ce que j'éprouve, s'exclama Brie. Comment le pourriez-vous ? Avez-vous oublié votre père, votre frère, votre meilleure amie ?

— Votre Altesse... Il est possible que personne ne puisse vraiment comprendre, mais cela ne signifie pas que nous ne voulions veiller sur vous. S'il y a quoi que ce soit que je puisse faire pour vous venir en aide...

Plus calme, Brie hocha la tête vers sa secrétaire.

— Non, non, merci, Janette. Je suis désolée, je n'aurais pas dû m'emporter après vous.

— Mais vous aviez peut-être besoin de vous emporter contre quelqu'un. J'avais espéré... disons que j'avais pensé qu'après avoir parlé à une vieille amie, vous auriez pu vous souvenir de quelque chose.

— De rien. Et parfois je me demande si j'y arriverai jamais.

— Les docteurs sont confiants, Votre Altesse.

Brie leva les yeux au ciel.

— Les docteurs. J'en ai mon compte. Tout ce qu'ils disent c'est : soyez patiente. Comment être patiente alors que tout ce que j'ai, ce sont des rêves embrouillés ?

— Des rêves, Votre Altesse ?

— Oui, comme des flashes, des impressions...

— Mais alors, vous commencez à vous souvenir ?

— Non, ce n'est jamais très précis.

— Ah !...

Janette parut hésiter, comme si elle avait voulu insister mais retrouva sa réserve coutumière.

Un étage plus bas, Alexandre assis dans son bureau spacieux observait Reeve. Il avait minutieusement préparé cet entretien.

— Je vous sais gré du temps que vous voulez bien m'accorder, Reeve.

— Je suis certain que vous aviez une raison importante.

— Gabriella est importante.

— Pour nous tous.

Premier échange, premier match nul, pensa le jeune Prince.

— Même si j'apprécie énormément ce que vous êtes en train de faire, Reeve, j'ai toutefois l'impression que mon père se repose trop lourdement sur une vieille amitié. Votre situation devient plus délicate de jour en jour.

Reeve considéra ceci un instant avant de contre-attaquer :

— Etes-vous inquiet à l'idée de devenir mon beau-frère, Alex ?

— Nous savons tous les deux à quoi nous en

tenir. Mon seul souci est Gabriella. Elle est vulnérable, en ce moment, beaucoup trop vulnérable.

— Et vous avez peur que je ne profite de cette vulnérabilité ?

Alexandre sourit.

— Vous êtes un homme intelligent, Reeve, et je vois pourquoi mon père a fait appel à vous. Et pourquoi Brie vous porte une telle confiance.

— Ce qui n'est pas votre cas.

— Là, vous vous trompez. Je crois sincèrement pouvoir me fier à vous. En tout cas, en ce qui concerne la sécurité de Gabriella...

— Donc, si j'ai bien compris, vous voulez bien de moi comme garde du corps et c'est tout.

— Vous savez que je me suis opposé à votre venue ici.

— Je sais que Loubet et vous avez exprimé des doutes.

— Je n'apprécie pas de voir mon opinion coïncider avec celle de Loubet, maugréa Alexandre avant d'adresser un sourire franc à son interlocuteur : malgré ses vues souvent rétrogrades, Loubet est considéré par mon père comme un excellent homme d'état.

— Et puis, il y a cette infirmité dont il est affligé... Voyez-vous, Alexandre, nos deux familles sont beaucoup plus liées encore que vous ne le pensez. Mon père se trouvait dans cette voiture quand l'accident a eu lieu, il y a de cela trente-cinq ans. Votre père et le mien s'en sont sortis sans trop de dommages. Malheureusement, Loubet a souffert de plus graves blessures.

Alexandre se raidit.

— L'accident n'a rien à voir avec la position actuelle de Loubet.

— Je suis certain que non, moi aussi. Votre père ne conduit pas ses affaires de cette façon. Mais peut-être se montre-t-il plus tolérant à cause de cela. C'était lui qui conduisait. Une certaine dose de remords est parfaitement humaine. En tout cas, cela montre parfaitement à quel point nos familles sont liées. Et c'est pour cette raison que mes fiançailles avec votre sœur ont été facilement acceptées.

— Et vous, les avez-vous facilement acceptées ?

— Alex, voulez-vous une réponse qui vous plaise ou la vérité ?

— La vérité.

— Ce ne fut pas simple pour moi d'accepter ces fausses fiançailles avec Gabriella. Ce n'est pas simple pour la bonne et unique raison que je suis amoureux d'elle.

Alexandre ne dit rien pendant quelques secondes. Il ne s'emporta pas. Il se contenta de regarder le portrait sur son bureau où sa sœur lui souriait si joliment.

— Quels sont les sentiments de Brie ?

— Je ne puis me prononcer. Elle n'a pas besoin de nouvelles complications pour le moment. Une fois qu'elle aura retrouvé la mémoire, elle n'aura plus besoin de moi.

— Vous le prenez aussi simplement que ça ?

— Je suis réaliste. Quoi qu'il puisse se produire entre Brie et moi cela risque de passer au second plan quand elle se souviendra.

— Et vous voulez pourtant l'aider à se souvenir.

— Elle en a besoin. Elle souffre.

Alexandre resta encore muet quelques instants à contempler le portrait.

— Je sais que vous pouvez m'en vouloir pour ces questions, Reeve, mais j'avais le droit de les poser.

— Nous sommes tous deux bien d'accord là-dessus, répondit Reeve en se levant. Mais souvenez-vous que je ferai tout ce qui est en mon pouvoir pour que votre sœur s'en sorte.

Alexandre le fixa droit dans les yeux.

— Je n'en doute absolument pas.

Brie était assise dans un fauteuil. Cela faisait quelques secondes qu'elle n'entendait plus le bruit de la douche et elle essayait de ne pas s'enfuir.

Reeve pénétra dans sa chambre, une serviette négligemment nouée autour des hanches, s'en passant une autre dans les cheveux. Quand il la vit, il resta paralysé sur place.

— J'ai toujours aimé Steinbeck, laissa tomber Brie en reposant le livre qu'elle avait pris sur sa table de nuit.

— Etes-vous venue chez moi pour m'emprunter un livre? demanda Reeve qui n'avait toujours pas bougé d'un pouce.

Elle se leva et alla jusqu'à lui, montrant une confiance qu'elle ne possédait nullement.

— Non, je suis venue parce que vous ne seriez pas venu...

Elle prit sa main libre dans les siennes et la serra contre elle :

— Je suis venue pour que vous me disiez que vous ne voulez plus de moi afin que je n'aie plus à me conduire telle une idiote comme je le fais en ce moment.

— Je ne peux pas te dire que je ne veux plus de toi, murmura-t-il d'une voix rauque. Même si j'ai pensé pouvoir te le faire croire, je ne peux pas te le dire. Et c'est moi qui me conduis à présent comme un idiot.

Avec un sourire, elle l'enlaça.

— Serre-moi contre toi. Serre-moi... J'ai failli devenir folle à t'attendre, à me demander ce qui se passait...

Elle avait fermé les yeux en se pressant contre sa poitrine. C'était là qu'elle avait voulu être. C'était là qu'elle était à présent. Heureuse.

— Il aurait peut-être mieux valu que tu perdes l'esprit : on ne peut pas dire que ce soit très discret de venir dans ma chambre à minuit passé.

Elle éclata de rire en renversant son visage en arrière.

— Non, ça ne l'est pas. Aussi on devrait en tirer le meilleur parti.

Elle se haussa sur la pointe des pieds pour trouver sa bouche. C'était la seule chose qui importait, réalisa Brie comme elle s'abandonnait au baiser. Tout ce qu'elle devait combattre ne serait rien si elle pouvait passer cette nuit avec lui.

Doucement, elle se libéra de façon à pouvoir le regarder.

— Reeve, pour cette nuit, faisons qu'il n'y ait aucune manœuvre, aucune déception. J'ai besoin de toi. N'est-ce pas assez ?

— C'est plus qu'assez, chuchota-t-il. Laisse-moi te le montrer.

Il baissa la fermeture Eclair de sa robe.

— Tu es belle, Brie. Chaque fois que je te vois est comme la première fois. Je redécouvre chacune des lignes de ton visage, de ton corps. Et c'est comme si je ne les avais encore jamais vues.

Il repoussa doucement ses cheveux en arrière avant de prendre son visage entre ses mains. Il effleura à peine ses lèvres avant de la soulever dans ses bras et de la conduire jusqu'au lit.

Et cette nuit-là, Gabriella fit une nouvelle découverte : la première fois sur le bateau, leur amour n'avait été que passion et violence. Cette fois-ci, Reeve lui montra la tendresse, la douceur et le bonheur.

Chapitre 9

— Brie, le soleil se lève.

— Mmmmmmmm, embrasse-moi encore.

Il l'embrassa encore, cette fois sur les lèvres, jusqu'à ce qu'il soit sûr qu'elle soit réveillée.

— Les domestiques seront bientôt levés. Tu ne devrais pas être ici.

Elle s'étira puis passa ses bras autour de son cou.

— Tu te soucies toujours de ta réputation ? minauda-t-elle.

Reeve sourit et embrassa sans façon un de ses seins qui pointait fièrement hors du drap.

— Absolument.

Elle enroula son doigt autour d'une mèche de ses cheveux.

— Je suppose que je t'ai compromis.

— C'est toi qui es venue dans ma chambre, après tout. Comment pouvais-je risquer de repousser une princesse ?

— Tu as agi très sagement... Donc si je t'ordonne de me refaire l'amour sur-le-champ...

— Je dirais à Votre Sérénissime Altesse qu'elle ferait bien de sortir son joli derrière de mon lit.

— Très bien, acquiesça-t-elle avec insouciance.

Là-dessus, elle roula sur le côté et se dressa, nue et fière, devant lui.

— Puisque vous me repoussez à présent, vous devrez me supplier la prochaine fois, fit-elle en ramassant sa robe et en prenant tout son temps pour la revêtir. A moins que je ne décide de vous faire jeter au donjon. J'ai entendu dire qu'il était vraiment sinistre.

Il l'observait, le coude sur l'oreiller.

— Du chantage ?

— Je ne vois pas de quoi vous voulez parler.

Elle passa l'autre manche et remonta très, très lentement sa fermeture Eclair.

Reeve s'était redressé.

— Brie... Alexandre et moi avons eu une petite conversation hier.

Elle se tourna vers lui, beaucoup moins détendue à présent.

— Oh ! A mon sujet, je présume.

— Oui.

— Eh bien ?

— Ce ton royal ne marche pas avec moi, Brie. Tu devrais le savoir à présent.

— Et qu'est-ce qui marcherait ?

— L'honnêteté.

Elle soupira. C'était exactement la réponse à laquelle elle aurait dû s'attendre.

— D'accord. J'ai d'ailleurs eu moi aussi ma petite discussion avec Alex hier. Je ne peux pas dire que je sois ravie d'apprendre que vous bavardez ensemble de mes problèmes.

— Il est inquiet et moi aussi.

— Ce qui n'excuse pas tout.

— Ce qui explique pas mal de choses.

— Je vois... Qu'a conclu Alexandre de cette entrevue ?

— Qu'il pouvait me faire confiance. Et toi ?

Elle l'étudia, surprise par cette question, puis réalisa qu'elle ne venait pas de se montrer très magnanime.

— Tu sais que je te fais entièrement confiance, sinon je ne serais pas ici.

Reeve prit sa décision en un éclair.

— Peux-tu te libérer cet après-midi et venir avec moi ?

— Il faudra que je m'arrange avec Janette mais je pense que c'est possible.

— Tu ne me demandes pas où nous irons ?

Elle haussa les épaules.

— D'accord, si tu y tiens. Où allons-nous ?

— A la petite ferme. Je pense qu'il est temps que nous travaillions ensemble.

Elle l'observa un moment puis ferma les yeux, et enfin se jeta sur le lit près de lui.

— Merci.

— Tu risques de ne pas me remercier plus tard.

— Je te remercierai toujours quoi qu'il arrive.

Elle l'embrassa alors, non par passion mais par amitié.

Les corridors étaient sombres quand elle quitta sa chambre mais son esprit ne l'était plus. Elle avait retrouvé l'espoir : cette journée qui commençait ne serait pas comme les autres, régie par un emploi du temps implacable. Aujourd'hui, enfin, elle entreprendrait quelque chose pour trouver le trait d'union entre son passé et son présent.

Elle ouvrit la porte de sa chambre et, chantonnant joyeusement, alla jusqu'à la fenêtre ouvrir les rideaux.

— Et alors ?

Elle sursauta, virevolta et retint le juron qu'elle avait sur le bout de la langue.

— Nanny.

La vieille femme se redressa sur sa chaise et étudia d'un long regard la princesse. Brie sentit le sang lui monter aux joues.

— Vous avez bien raison de rougir, jeune dame, à rentrer ainsi dans votre chambre avec le soleil.

— Tu es restée là toute la nuit ?

— Oui. Ce qui est plus que tu peux en dire. Alors, tu as décidé de prendre un amant. Dis-moi, es-tu contente de toi ?

— Oui, répondit Brie provocante.

A nouveau, Nanny l'observa très attentivement.

— Il devait en être ainsi, murmura-t-elle. Tu es amoureuse.

Elle aurait pu nier mais elle réalisa que cela ne serait qu'un mensonge. Un mensonge de plus.

— Oui, je suis amoureuse.

— Alors je ne peux que te dire de faire attention, marmonna Nanny d'une voix qui semblait sans âge. Quand une femme est amoureuse de son amant, elle risque bien plus que son corps, bien plus que son temps. Tu comprends ?

— Oui, je crois que je comprends...

Brie sourit puis alla s'agenouiller aux pieds de sa vieille nourrice.

— Pourquoi as-tu dormi toute la nuit dans cette chaise plutôt que dans ton lit ?

— Tu as peut-être pris un amant, mais je m'occupe toujours de toi. Je t'avais apporté du lait chaud... tu ne dors pas bien en ce moment.

Brie aperçut la tasse posée sur sa table de nuit.

— Et je t'ai inquiétée parce que je n'étais pas là. Je suis désolée, Nanny.

Elle avait porté la petite main dure de la vieille femme à ses lèvres.

— Oh, je me doutais bien que tu étais avec l'américain, grommela Nanny. Quel dommage que son sang ne soit pas aussi bleu que ses yeux. Et moi, qui t'avais amené du lait pour te réconforter...

Cette fois-ci Brie se mit à rire.

— Tu m'en voudras si je te dis que je préfère le réconfort que Reeve m'a apporté ?

— Non, je te conseillerais simplement de cacher pour un petit moment encore tes préférences à ton père, répliqua Nanny d'une voix amusée. Peut-être n'as-tu plus non plus d'intérêt pour l'autre réconfort que je t'avais amené. Tu avais l'habitude quand tu étais petite de dormir avec elle toute la nuit. Et quand elle n'était pas là, tu ne fermais pas l'œil.

Tout en parlant, elle avait ramassé sous la

chaise une poupée au visage rond et aux habits usés.

— Pauvre petite chose, murmura Brie en la prenant dans ses mains.

— Tu l'appelais Germaine Pompadour.

— J'espère qu'elle ne m'en voulait pas, commença Brie en caressant les cheveux de la poupée.

Puis elle se raidit et s'immobilisa.

Une petite fille dans un petit lit avec des draps roses, un oreiller rose, un couvre-lit rose. Une table blanche, des roses sur le papier mural. De la musique qui résonnait au loin. Une valse, lente et romantique. Et il y avait cette femme, cette femme qui lui ressemblait mais semblait tellement plus belle, qui souriait, murmurait et riait encore en se penchant sur le lit. Elle portait des émeraudes assorties à sa robe d'un beau vert. Elle faisait un petit bruit comme seule la meilleure soie peut en produire. La femme sentait si bon.

— Gabriella.

Nanny posa une main sur l'épaule de la jeune femme et la secoua. Sous la robe, elle pouvait sentir la peau glacée.

— Gabriella.

— Ma chambre, chuchota Brie, ma chambre quand j'étais petite... de quelle couleur ?

— Rose, répondit Nanny dans un souffle. Rose et blanche comme un gâteau.

Les doigts de Brie s'enfoncèrent dans la poupée sans qu'elle s'en aperçoive. Elle transpirait à grosses gouttes.

— Et ma mère ? Est-ce qu'elle avait une belle robe de soie verte ? Vert émeraude. Une robe de soirée.

— Sans bretelles, confirma Nanny d'une voix qu'elle forçait à rester calme. La taille était très étroite, la jupe très ample.

— Elle sentait si bon. Elle était si belle.

Les doigts forts de Nanny lui tenaient l'épaule fermement.

— Oui. Est-ce que tu te souviens ?

— Je... Elle venait me voir. Il y avait de la musique, une valse. Elle venait me border.

— Elle le faisait toujours. D'abord toi, puis Alexandre, et enfin Bennett. Ton père montait s'il parvenait à se libérer, mais ils passaient toujours ensemble à la nursery avant d'aller se coucher. Je vais aller prévenir ton père.

— Non ! non, pas encore. Je ne me souviens que de cette image et j'ai besoin de tant de choses encore. Nanny...

Les yeux brillants, Brie leva son visage vers sa nourrice.

— Maman, je l'aimais vraiment. Finalement, j'arrive à le sentir. Je l'aimais tant. Et maintenant, de m'en souvenir... enfin, c'est comme de la perdre à nouveau.

Et tandis que la vieille femme lui caressait les cheveux, Brie enfouit son visage dans sa jupe et pleura.

Reeve conduisait sans prononcer une parole le long de la route côtière sinueuse et abrupte.

Ils avaient quitté Cordina depuis un bon

moment déjà. C'était la route sur laquelle Gabriella avait couru cette nuit-là, fuyant.

Elle ne voyait rien de familier, rien qui aurait dû la mettre mal à l'aise. Pourtant elle était tendue. Le paysage était magnifique avec ses falaises roses et déchiquetées qui surplombaient la mer. Tout était calme, coloré, idyllique et, malgré elle, elle serrait sa ceinture de sécurité de toutes ses forces.

— Veux-tu qu'on s'arrête, Gabriella ? Est-ce que tu préférerais qu'on aille ailleurs ?

— Non. Non, bien sûr que non. C'est un paysage magnifique, n'est-ce pas ?

— Pourquoi ne pas me dire ce qui ne va pas ?

— Je ne sais pas. Je me sens bizarre, comme s'il fallait que je regarde sans cesse derrière moi.

Il avait déjà décidé de lui donner toutes les réponses qu'elle attendait.

— Tu as couru le long de cette route il y a un mois. Sous l'orage.

Elle eut mal aux doigts à force de maltraiter la lanière.

— Tu t'es évanouie à cinq kilomètres de la ville, lui apprit Reeve.

Elle hocha la tête.

— Reeve, ce matin...

Des regrets, déjà ? se demanda-t-il.

— Oui ?

— Nanny m'attendait dans ma chambre.

— Et ?

— Nous avons parlé. Elle m'apporte du lait chaud parfois pour m'aider à dormir. Enfin, continua-t-elle avec un sourire, je crois que la nuit dernière j'ai un peu oublié la tasse de lait. Elle m'avait aussi apporté une petite poupée que j'avais quand j'étais petite...

Alors, très doucement, en voulant être la plus claire possible, elle lui raconta ce dont elle s'était souvenue.

— C'est tout, conclut-elle. Mais cette fois, ce n'était pas une impression ou un rêve. C'était un souvenir.

— En as-tu parlé à quelqu'un d'autre ?

— Non.

— Tu devras raconter tout cela à Kijinsky demain quand tu le verras.

— Oui, bien sûr, fit Brie avec impatience. Tu crois que c'est un début ? Que je vais retrouver ma mémoire ?

— Je crois que tu deviens de plus en plus forte. C'était un souvenir que tu pouvais supporter, peut-être un souvenir qui t'était nécessaire avant de faire face aux autres.

— Et les autres vont revenir.

— Et les autres vont revenir, approuva-t-il.

Suivant les indications qu'on lui avait données, Reeve quitta la route côtière et commença à s'éloigner de la mer. La route devenait plus escarpée. Il dut ralentir.

Les collines se faisaient plus vertes, recouvertes d'arbres petits mais fiers.

Reeve tourna à nouveau pour emprunter une sorte de chemin de traverse en terre battue. Des cailloux s'écrasaient sous les roues de la voiture. Puis un champ apparut, étendue plate et herbeuse qui montait doucement vers quelques arbres.

— C'est ici ?

— Oui, fit Reeve en arrêtant le moteur.

— Ils ont trouvé ma voiture ici ?

— Oui.

Elle resta assise un moment, attendant.

— Pourquoi est-ce que je m'attends toujours à ce que ce soit facile ? se révolta-t-elle enfin. A chaque fois que je vois quelque chose, que je sais quelque chose, j'ai l'impression que tout va revenir clairement, sans effort. Ça n'arrive jamais. Sauf quand je sens ce couteau entre mes mains...

Elle regarda ses paumes en continuant :

— Je le sens, et maintenant je sais que je suis capable de tuer.

— Nous le sommes tous si les circonstances nous y obligent.

— Non, je ne peux pas accepter cela.

— Et que te serait-il arrivé si tu avais fermé les yeux et refusé de te défendre ?

Il l'avait aggripée par les épaules plus violemment qu'il ne l'aurait voulu.

— Je ne veux pas de violence dans ma vie, répondit-elle comme si c'était effectivement sa vie qu'elle devait défendre. Et je ne veux pas accepter, et je n'accepterai jamais le fait d'avoir tué.

— Alors, tu ne t'en sortiras jamais, rétorqua-t-il d'une voix hargneuse. Tu continueras à vivre dans un monde de rêve. La Princesse dans son Palais, froide, distante, inatteignable.

— Et c'est toi qui me parles de rêve ? s'étonna-t-elle. Alors que toute ta vie tu as cherché les ennuis, tu as voulu t'y plonger, et qu'à présent tu prétends souhaiter seulement t'asseoir sur le porche de ta ferme pour écouter pousser ton maïs !

Cette fois-ci, Reeve ne put contenir sa fureur.

— Au moins, moi je sais ce que j'ai fait et j'y fais face. J'ai besoin de cette ferme pour des raisons que tu ne veux pas comprendre. J'en ai besoin parce que je sais de quoi je suis capable, ce que j'ai fait et ce que je pourrais encore faire.

— Sans le moindre regret.

— Au diable les regrets. Mais demain ce sera différent. J'ai le choix, affirma-t-il comme s'il voulait s'en persuader...

Soudain, Brie parut très lointaine.

— Oui, tu as le choix, remarqua-t-elle. Et c'est en cela que nous différons...

Elle regardait sans le voir le petit bout de terrain qui s'étendait devant eux. Reeve l'étudia un moment, prenant conscience du tourbillon des émotions qui régnait en elle.

— Tu veux continuer ?

Elle saisit la poignée de la portière.

— Oui, je veux continuer.

Elle l'attendit dehors.

— Es-tu déjà venu ici auparavant ?

— Non.

— Bien, comme cela ce sera comme si c'était la première fois pour tous les deux.

Elle se tourna à nouveau vers le champ.

— Pourquoi ai-je acheté cela ?

— Tu voulais un endroit qui t'appartienne. Tu avais besoin de t'échapper par moments.

— M'échapper ? Fuir encore ?

— T'isoler, la corrigea-t-il. Il y a une différence.

— Mais ce bout de terre a besoin d'une maison...

Soudain impatiente, elle se mit à marcher dans l'herbe haute.

— Regarde, là, sous ces arbres, poursuivait-elle, elle serait très bien. Elle dominerait tout le champ et une partie de la vallée.

Reeve pouvait la voir exactement comme elle la lui décrivait. Il avait agi de même de l'autre côté de l'Océan.

— Je n'aurais pas dû laisser ce terrain en friche remarqua-t-elle avec toujours plus d'impatience, rien de ce qui vit ne doit être laissé à l'abandon.

Gênée de sa propre négligence, elle voulut se remettre à avancer quand son pied heurta quelque chose dissimulé par les hauts brins d'herbe. Reeve se pencha et ramassa une bouteille Thermos rouge et vide qui avait perdu son bouchon. Les instincts du policier ressurgirent : il tenait la bouteille par la base; ne touchant que la surface strictement nécessaire.

— Dans tes rêves, tu étais assise dans un endroit tranquille, buvant du café à une thermos rouge.

Brie regardait l'objet comme s'il était vil.

— Oui.

— Et tu t'endormais.

Machinalement, Reeve renifla l'ouverture, mais son esprit fonctionnait déjà à toute allure. Comment était-il possible qu'on n'ait pas mieux examiné ce terrain? Comment une pièce à conviction aussi essentielle avait-elle pu échapper aux recherches?

Gabriella avait librement déambulé dans le champ. Il avait bien pris garde à ne pas l'influencer sur la direction à prendre. Elle s'était instinctivement dirigé vers ce gros rocher...

Oui, se dit-il, elle avait été assise là, se reposant, réfléchissant, buvant du café...

— A quoi penses-tu?

Il se tourna vers elle.

— Je pensais que peut-être tu t'étais assise contre ce gros rocher à boire ton café. Tu étais un peu ensommeillée, peut-être même droguée. Alors tu as essayé de te secouer. Tu as peut-être voulu te lever pour tenter de rejoindre ta voiture. Puis la drogue a pris le dessus. Tu t'es évanouie et la thermos est tombée.

— De la drogue... dans le café?

— Cela semble évident. Ceux qui t'ont kidnappée étaient très nerveux. Ils n'ont pas pris le temps de rechercher la thermos. Pourquoi l'auraient-ils fait puisqu'ils t'avaient, toi.

— Alors, ce devait être quelqu'un qui connaissait mes habitudes, qui savait que je venais ici ce jour-là. Quelqu'un qui...

Elle n'osa pas finir sa phrase.

— Oui, poursuivit Reeve, quelqu'un qui t'est très proche. Intime, conclut-il en montrant la thermos.

Brie repoussa les tremblements qui prenaient naissance dans ses membres, dans son ventre. Rassemblant tout son sang-froid, elle s'obligea à rester calme.

— Que faisons-nous maintenant ?

— Maintenant, il faut découvrir qui a préparé ce café et qui a eu l'occasion de verser de la drogue dedans.

— Reeve... est-ce que la police n'aurait pas dû découvrir ceci ?

Il n'osa pas la regarder droit dans les yeux.

— Ah, tu y as pensé, toi aussi...

Elle tritura sa bague en saphirs.

— Mon père, chevrota-t-elle d'une voix brisée.

— Il est temps d'aller lui parler.

Les deux voitures arrivèrent presque simultanément. Leurs occupants en descendirent et se rejoignirent à l'écart de la lumière des phares. Il était dangereux pour eux de se rencontrer. Mais ils devaient le faire. Les circonstances l'exigeaient.

— Elle commence à se souvenir, annonça la première personne.

— Oh non, gémit la seconde.

— Je ne vous aurais jamais contacté si cela n'avais pas été le cas. Je tiens à ma vie autant que vous à la vôtre.

Ils savaient tous les deux qu'ils dépendaient étroitement l'un de l'autre. Si l'un venait à être découvert alors l'autre le serait aussi.

— De quoi se souvient-elle ?

— De pas grand-chose. Des souvenirs d'enfance, quelques images. Rien qui... nous concerne. Mais elle fait des progrès rapides. Et je pense que si elle se force vraiment, elle se souviendra de tout.

— Nous avons toujours su que cela arriverait. Tout ce dont nous avons besoin, c'est d'encore un peu de temps.

L'autre éclata de rire. Un rire glacé, dérisoire.

— Du temps ? Rien que ça... Et puis, elle raconte tout à l'américain. Ils sont amants à présent... et il est intelligent. Très intelligent. Parfois j'ai l'impression qu'il a des soupçons.

— N'exagérez-pas ! Bon sang ! si cet imbécile d'Henri ne s'était pas saoulé !

— Il est inutile de ressasser ce genre de choses. A moins de l'enlever à nouveau, l'échange est impossible à présent. Deboque reste en prison, l'argent s'est envolé et plus question de vengeance.

— C'est pourquoi nous l'enlèverons à nouveau. Qui s'attendra à un second kidnapping aussi vite ?

— Dire que nous l'avions !

— Et nous l'aurons à nouveau. Bientôt. Très bientôt.

— Et l'américain ? Il se méfie plus que la Princesse, lui.

— S'il se montre trop curieux, il faudra vous en débarrasser. Et pareil pour la Princesse si elle se souvient trop tôt. Surveillez-la. Vous savez quoi faire si cela devient nécessaire.

Le petit pistolet muni d'un silencieux était bien caché.

— Si je la tue, vous aurez vous aussi son sang sur les mains.

— Nous en sommes tous les deux parfaitement conscients. Notre seule chance est de tenir jusqu'à la nuit du Bal.

— C'est de la folie : l'enlever là, au milieu de tous ces gens.

— Avez-vous une meilleure solution ?

— Si seulement nous n'avions pas laissé Henri seul avec elle ce soir-là.

— Contentez-vous de la surveiller de près. Vous avez gagné sa confiance, non ?

— Autant que les autres.

— Alors utilisez-la. Il nous reste moins de deux semaines.

Chapitre 10

Brie était assise, les mains serrées devant elle, le dos très droit, les yeux fixes. Elle attendait que son père réponde.

Reeve venait de s'arrêter de parler et un lourd silence régnait. A travers les balcons orientés vers l'Ouest, une superbe lumière rose baignait la pièce.

— Ainsi vous croyez que le café que Gabriella avait avec elle était drogué, observa-t-il d'une voix sans chaleur en détaillant la thermos qui se trouvait sur son bureau.

— C'est logique. De plus, cela recoupe les rêves récurrents de Brie.

Reeve ne s'était pas assis : il faisait face à Armand, debout juste derrière la chaise de la jeune femme.

— Le Thermos peut être analysé.

— *Aurait dû* être. Toute la question est de savoir pourquoi cela n'a pas déjà été fait.

Les deux hommes s'observaient mutuellement. La voix d'Armand s'éleva : une voix autoritaire et non amicale.

— Il semble que la police se soit montrée incompétente.

— Il semble que beaucoup de gens se soient

montrés incompétents. Si ce café a bien été drogué, comme je le crois, les implications sont évidentes.

Armand sortit une longue cigarette noire d'un étui de cuir et l'alluma lentement.

— Sans doute.

— Vous le prenez très calmement, Votre Altesse.

— Je le prends comme je dois le prendre.

— De même que moi. J'ai l'intention d'amener Brie loin de Cordina tant que cette affaire ne sera pas résolue. Elle n'est pas en sécurité dans le Palais.

Les mâchoires du Prince se contractèrent très brièvement.

— Si je ne m'étais pas senti concerné par sa sécurité, je ne vous aurais pas fait venir.

— Et sans les liens qui unissent nos deux familles, je ne serais pas venu, répliqua Reeve d'un ton sec. Cela ne suffit plus à présent. A présent, il me faut des réponses.

Armand fut tout à coup entièrement royal.

— Il n'est pas de votre ressort de les exiger de moi.

Reeve ne parvint pas à dominer sa colère. Il se pencha en avant.

— Votre couronne ne suffira pas à vous protéger.

— Assez !

Brie s'était levée d'un bond, s'interposant entre son père et son amant. Si c'était pour défendre l'un ou l'autre, elle n'en avait pas conscience. De même qu'elle n'aurait su dire lequel elle voulait défendre.

— Comment osez-vous tous les deux parler de moi comme si j'étais incapable de réfléchir par moi-même ? Comment osez-vous tous les deux me *protéger* comme si j'étais une gamine ?

— Gabriella ! Surveille ton langage.

Armand s'était à son tour dressé.

— Je ne surveillerai rien du tout. Je ne serai ni polie ni bien élevée. Je ne suis pas une princesse qu'on exhibe sur une étagère, je suis une femme. Il s'agit de ma vie, ne comprenez-vous pas ? Je ne resterai pas silencieuse tandis que vous deux vous chamaillez comme des gosses qui se disputent le même jouet. Je veux des réponses.

— Tu veux plus que je ne suis libre de te donner.

— Je veux ce qui est à moi de droit.

— Ce qui est à toi est à toi seulement une fois que je te l'ai donné.

Brie se raidit, pâlit mais tint bon.

— Est-ce un père qui me parle ? fit-elle d'une voix douce et plus tranchante qu'un rasoir. Vous dirigez Cordina à merveille, Votre Altesse. En est-il de même pour votre famille ?

Pas un muscle ne tressaillit sur le visage du Prince.

— Tu dois me faire confiance, Gabriella.

— Confiance ? Ceci, fit-elle en désignant la thermos, montre bien que je ne puis me fier à personne. A personne, répéta-t-elle d'une voix tremblante.

Là-dessus, elle quitta la pièce, les fuyant tous les deux.

— Laissez-la partir, ordonna Armand à Reeve comme celui-ci s'apprêtait à la suivre. On veille sur elle. Je vous dis qu'on veille sur elle, répéta-t-il comme Reeve poursuivait son chemin. Laissez-la partir.

Cette fois-ci Reeve s'arrêta. Il y avait une telle douleur dans la voix d'Armand qu'il ne put faire autrement que se retourner vers le Prince.

— Ne savez-vous pas que chacun de ses gestes est surveillé ? annonça Armand calmement. Si bien surveillé, que je sais où elle a passé la nuit dernière.

Reeve ne bougea pas. Il avait souvent remarqué tous les domestiques qui semblaient toujours s'activer dans l'entourage de Brie. Il avait pensé que c'était une précaution d'Alexandre.

— Vous l'avez espionnée ?

— Je veillais sur elle. Pensez-vous que je laisserais la responsabilité de sa sécurité au hasard ou même simplement à votre seule efficacité ? J'avais effectivement besoin de vous pour toutes les raisons que je vous ai données, mais, avec la vie de ma fille en jeu, j'utilise tous les moyens qui me semblent utiles. S'il vous plaît, fermez cette porte et restez. Il est temps que je vous en dise plus.

Reeve obtempéra et revint jusqu'au bureau.

— Quel jeu jouez-vous, Armand ? demanda-t-il alors.

— Un jeu qui me permet d'épargner mon pays et mon peuple. Un jeu qui, si Dieu le veut, me rendra mon enfant saine et sauve et... entière. Et qui permettra de punir ceux qui le méritent. Et de les punir sévèrement.

— Vous savez qui l'a enlevée, accusa Reeve d'une voix calme mais d'où toute colère n'avait pas disparu. Vous l'avez toujours su.

— Je connais l'un d'entre eux, je soupçonne l'autre. Vous aussi, vous avez vos soupçons, affirma froidement Armand. Je suis parfaitement au courant des discrètes enquêtes que vous avez menées. Vous avez étudié les faits, vous avez votre théorie. Je n'en attendais pas moins de vous. Mais je ne m'étais pas douté que vous en feriez part à Gabriella.

— Et à qui sinon elle ?

— Cela c'est à moi, et à moi seul, d'en décider.

— Vous l'avez utilisée.

— Tout comme vous, acquiesça Armand. Tout comme d'autres. Cette histoire est bien trop complexe pour se résumer simplement au kidnapping de ma fille. Son Altesse Sérénissime Gabriella de Cordina a été enlevée. Mes actes résultent de cette vérité.

— Pourquoi m'avez-vous demandé de venir ?

— Parce que je pouvais avoir confiance en vous, comme je vous l'ai dit tout d'abord. Parce que je savais que vous mèneriez très vite votre propre enquête et que vous agiriez en conséquence. Mais il est hors de question que je vous laisse agir avant que le moment n'en soit venu. Et ce moment approche.

— Mais, au nom du Ciel, pourquoi la laissez-vous dans le noir ? Dans l'ignorance de tout ? Ne savez-vous donc pas comme elle souffre ?

— Vous pensez que je ne sais pas ce qu'elle endure ? martela Armand d'une voix sourde.

Dans sa jeunesse, le Prince avait été connu et craint en raison de la violence de son tempérament. Pendant un instant, le contrôle acquis au cours de vingt années de règne faillit disparaître. Ses yeux lançaient des éclairs tandis qu'il poursuivait :

— Elle est mon enfant. Mon premier enfant. Je l'ai tenue quand elle a appris à marcher, je suis resté à son chevet quand elle avait la fièvre, j'ai pleuré avec elle sur la tombe de sa mère.

A ce dernier mot, Armand se leva et gagna le balcon tournant le dos à son interlocuteur.

— Ce que je fais, termina-t-il d'une voix plus posée, je le fais parce que je le dois. Je ne l'aime pas moins pour cela.

Reeve respecta le silence impressionnant qui avait suivi cette déclaration.

— Elle a besoin de savoir, murmura-t-il.

— L'esprit est une machine délicate, Reeve, répondit le Prince. Et le docteur Kijinsky m'a formellement conseillé de donner du temps à Gabriella. De ne surtout pas lui dire ce que son esprit ne peut pas encore accepter, comprendre, intégrer. Dans le cas contraire, elle risquerait une dépression. Et son inconscient pourrait même ne jamais vouloir se souvenir.

— Mais elle commence déjà à se souvenir de certains détails.

— Et la moindre fausse manœuvre serait

fatale, assura Armand, surtout dans un moment aussi délicat. Vous avez suffisamment de connaissances en psychologie, pour le savoir. Si je lui disais tout ce que je sais, ce serait comme une avalanche... Oui, je sais qui l'a enlevée, mais le temps n'est pas encore venu. De plus, il me faut une preuve. Vous comprenez qu'en tant que chef de ce pays, je ne puis me permettre de lancer une accusation sans fondement. Je ne puis montrer la faiblesse d'un père enragé parce qu'on lui a pris son enfant. Je dois être un juge qui recherche la justice. Il y en a certains, proches de moi, qui croient que je n'ai aucune conscience de ce qui se trame dans les couloirs de ce Palais. Il y en a qui croient que parce que j'ai retrouvé Gabriella, je n'en demanderai pas plus, que je ne rechercherai pas les motifs de son enlèvement. En dehors de la rançon, on a aussi exigé la libération de plusieurs détenus. Tous sauf un servaient de camouflage. Et cet homme c'est Deboque.

Ce nom évoqua quelques lointains souvenirs dans l'esprit de Reeve. C'était un nom très connu dans certains milieux : Deboque, l'homme d'affaires qui avait monté un véritable empire en trafiquant les armes, la drogue et les femmes. Il avait vendu de tout, absolument de tout ce qui était illégal.

Mais Deboque avait vu son étoile pâlir, se souvint Reeve. Après une vaste enquête qui avait duré plus de trois ans, il avait été appréhendé. Toutefois, on pensait dans les milieux autorisés qu'il continuait à tirer les fils de son organisation depuis sa prison où il était enfermé depuis deux ans.

— Vous pensez donc que Deboque est derrière tout ceci.

— Deboque a kidnappé Gabriella, affirma Armand. Il nous reste à prouver grâce à qui.

— Et vous les connaissez. Mais est-il possible que Deboque puisse faire preuve d'une telle puissance alors qu'il était enfermé dans une de vos prisons ?

— Lui le croit, en tout cas. Je pense qu'avec ceci... — Armand désigna le Thermos toujours aussi incongru sur son bureau —, ce ne sera pas difficile de trouver l'un de ses hommes de paille. L'autre pose plus de problèmes...

Armand s'arrêta, parut pensif, puis revêtit une étrange expression. Il tournait autour de son doigt la bague que lui seul avait le droit de porter.

— Je vous ai dit, reprit-il, que je savais où Gabriella avait passé la nuit.

— Oui. Avec moi.

Armand contrôla rapidement l'émotion qui transparut sur ses traits.

— Vous êtes le fils d'un vieil ami et vous êtes aussi un homme que je respecte pour ce qu'il est, mais il est difficile d'être calme dans des circonstances pareilles. Même si c'est vous qu'elle a choisi... Mais... Dites-moi quels sont les sentiments que vous éprouvez pour Gabriella. Cette fois-ci, c'est le père qui vous le demande.

Reeve ne chercha pas à s'esquiver.

— Je l'aime.

Armand respira une seule fois avant de prendre sa décision.

— Il est temps que je vous dise ce qui doit être fait. Et temps aussi, pour que je vous demande votre avis.

Il fit un geste vers la chaise que cette fois-ci Reeve accepta sans discuter.

Ils parlèrent longuement et le plan qu'ils élaborèrent leur sembla à tous les deux parfait. L'expérience de Reeve dans ce genre d'affaires se révélant déterminante.

Mais les événements se plient rarement au cours qu'on veut leur imposer.

Brie fit irruption dans son bureau, la rage au cœur. Janette s'y trouvait et travaillait. Immédiatement la secrétaire se leva et fit sa révérence.

— Votre Altesse, je ne pensais pas que vous reviendriez aujourd'hui.

— Moi non plus. Mais il faut que je fasse quelque chose ou sinon... Avons-nous reçu les menus personnalisés pour le Bal ?

— L'imprimeur en a envoyé un pour que vous lui donniez votre accord.

— Oui, merci, fit Brie en prenant le parchemin roulé dans un ruban de soie que lui tendait Janette.

Chacun des sept plats était accompagné d'un vin différent qu'elle avait sélectionné. Elle avait elle-même composé le repas qui, s'il tenait ses promesses, devrait se révéler digne des plus fins gourmets.

— Oui, c'est parfait, commenta-t-elle d'une voix amère.

Surprise par ce manque d'enthousiasme, Janette leva les yeux vers la Princesse.

— Quelque chose ne va pas, Votre Altesse ?

— Non, non, tout est parfait... absolument parfait.

— Si je peux me permettre, vous semblez troublée, Votre Altesse. Voulez-vous que je vous commande un café ?

— Non merci... Attendez, Janette. Qui prépare mon café d'habitude ?

A nouveau prise de court par cette remarque, Janette haussa un sourcil.

— Mais les cuisines, bien sûr...

— Et ce sont les cuisines qui me préparent aussi les thermos quand j'en désire une ?

— Oh, vous préférez votre café très fort. Habituellement, c'est cette vieille nourrice qui vous le confectionne. La vieille dame Russe.

— Nanny, murmura Brie.

Ce n'était pas ce qu'elle avait désiré entendre.

— Je vous ai souvent entendu plaisanter à propos de son café : vous disiez qu'on pouvait planter une cuillère dedans. Et la vieille dame refuse catégoriquement d'en donner la recette au cuisinier.

— Et c'est elle qui me l'apporte avant que je sorte ?

— Oui, Votre Altesse, c'est une tradition. De la même manière, le Prince Bennett lui apportera ses boutons à recoudre plutôt que de les donner à son valet de chambre.

Une bouffée de nausée s'empara de Gabriella.

— Elle fait presque partie de la famille, murmura-t-elle.

— Oui, Votre Altesse. La Princesse Elisabeth ne se séparait jamais d'elle.

— Est-ce que Nanny était avec elle à Paris ? Etait-elle avec elle quand ma mère est tombée malade ?

— C'est ce qu'on m'a dit, Votre Altesse. Sa dévotion pour la Princesse Elisabeth était totale.

La dévotion pouvait aller jusqu'au fanatisme et le fanatisme jusqu'à la folie, pensa la jeune femme. Qui avait eu l'occasion de droguer ce café ? Elle se força à poser la question suivante :

— Savez-vous si Nanny m'a apporté une thermos le jour où je suis allée à la petite ferme ? Le jour où on m'a enlevée ?

— Euh... oui, hésita Janette. Elle vous l'a amené ici même. Vous deviez encore écrire quelques lettres avant de partir. Elle vous a apporté votre café, vous a reproché de ne pas avoir pris de veste. Vous avez ri et promis de passer à vos appartements en prendre une. Comme vous étiez impatiente de partir, vous m'avez dit que nous terminerions la correspondance plus tard. Vous avez pris la thermos et vous êtes partie.

— Personne n'est venu ? s'enquit Brie. Il n'y a eu aucune interruption entre le moment ou Nanny m'a apporté le café et celui où je suis partie ?

— Aucune, Votre Altesse. Votre voiture vous attendait et je vous ai moi-même accompagnée.

Votre Altesse... est-il bien sage de vous torturer ainsi avec des souvenirs aussi douloureux ? demanda Janette avec ménagement.

— Peut-être pas, répondit abruptement la Princesse avant de se retourner vers la fenêtre. Merci, merci, Janette, je n'aurai plus besoin de vous aujourd'hui.

Après le départ de sa secrétaire, Gabriella sombra dans ses pensées. Elles n'avaient rien de réjouissant. Ce qu'elle venait d'apprendre l'avait désarçonnée, abattue. De plus, son propre père lui cachait quelque chose, elle en était certaine. Et elle n'avait pas la moindre idée des raisons qui le poussaient à agir ainsi. Elles étaient peut-être bonnes. Mais même si c'était le cas, le ressentiment qu'elle éprouvait ne s'en trouvait pas diminué...

Et Reeve était dans la confidence, à présent ! Il ne l'avait même pas suivie quand elle était sortie du bureau du prince Armand... Il avait préféré rester discuter d'elle et de son sort en son absence. Tous ces hommes qui voulaient la protéger avaient dressé autour d'elle comme une muraille. Comme elle aurait eu besoin de la présence d'une seule femme à qui se confier ! Elle en avait été tentée avec Janette Dupont mais n'était pas parvenue à se libérer.

Reeve la trouva là, debout devant la fenêtre de son bureau, visiblement incapable de voir ce qui se passait au-dehors.

— Brie.

Elle se retourna lentement, comme si elle savait déjà qui se trouvait dans la pièce. Elle gardait les lèvres pincées mais ses yeux étaient calmes.

— Tu te souviens de ce premier soir où nous avons parlé, Reeve ? J'avais tant de questions. A présent, bien des semaines plus tard, il semble que je n'aie obtenu de réponses à pratiquement aucune d'entre elles...

Elle baissa les yeux vers ses mains où les deux bagues brillaient : émotions conflictuelles, loyautés partagées.

— Tu ne me diras pas de quoi vous avez parlé mon père et toi, remarqua-t-elle.

Ce n'était pas une question, mais Reeve savait qu'il se devait de donner une réponse.

— Ton père pense à toi plus qu'à toute autre personne, Brie.

— Et toi ?

— Je suis ici pour toi. Il n'y a aucune autre raison.

Il s'approcha d'elle. La nuit était tombée et un rayon de lune traversait la fenêtre venant caresser les cheveux de Gabriella d'une pellicule argentée. Reeve songea à ce premier soir qu'elle avait évoqué. Ce premier soir où ils avaient échangé leur premier baiser sur cette terrasse.

— Pour moi, répéta-t-elle en scrutant son visage. Ou peut-être par fidélité à une vieille amitié entre nos deux familles ?

Il prit ses mains entre les siennes, ne remarquant pas leur fragilité, leur délicatesse. Non, ce qu'il voyait, ce qui le subjuguait c'était l'éclat qui régnait dans ses yeux dorés.

— Mes sentiments à ton égard ne doivent rien

à une vieille amitié. Et je suis avec toi, en raison de ces sentiments.

Il aurait tant voulu lui parler d'un souvenir qui le hantait depuis quelques semaines. Le souvenir d'une jeune fille de seize ans, dans une robe bleue. D'une jeune fille avec qui il avait valsé une seule fois mais qu'il n'avait jamais oubliée. Mais comment lui rappeler quelque chose qu'elle ignorait, dont sa mémoire ne gardait aucune trace ?

— Je voudrais que tout ceci soit terminé, murmura Brie d'une voix tendue. Je veux me sentir insouciante à nouveau.

Au diable les plans et les machinations, se dit alors Reeve. Il la prit par les épaules.

— Je vais t'emmener en Amérique pour un moment.

— En Amérique ? s'étonna-t-elle.

— Tu pourras rester chez moi, dans ma ferme, jusqu'à ce que tout ceci soit terminé.

Jusqu'à. Ce simple mot rappela à Gabriella que tout a une fin. C'était aussi évident, aussi trivial que cela.

— Tout ceci, comme tu dis, est mon histoire. Je ne peux pas m'enfuir.

— Mais tu n'as pas besoin de rester ici.

Soudain Reeve voyait comme tout pouvait s'arranger au mieux. Elle serait loin. Il veillerait sur elle. Armand n'aurait qu'à changer un petit peu ses plans.

— Il y a, au contraire, toutes les raisons pour que je reste ici. Ma vie s'est perdue quelque part près d'ici. Comment la retrouverais-je à des milliers de kilomètres ?

— Quand tu seras prête à te souvenir, tu te souviendras, quel que soit l'endroit où tu te trouveras.

— Non ! s'exclama-t-elle en se libérant de son étreinte et en reculant d'un pas. Crois-tu que je sois lâche ? Crois-tu que je vais fuir tous ces gens qui m'ont utilisée ? Est-ce cela que mon père t'a persuadé de faire ?

— Tu sais très bien que non.

— Je ne sais rien du tout, rétorqua-t-elle. Sauf qu'il y a beaucoup d'hommes qui se sentent investis du devoir sacré de me protéger de ce dont je n'ai pas envie d'être protégée. Ce matin, tu as dit que nous allions travailler ensemble.

— J'étais sincère.

Elle l'observa attentivement.

— Et maintenant ?

— Je le suis toujours.

Mais il ne lui dit pas ce qu'il savait. Il ne lui dit pas ce qu'il éprouvait.

— Alors nous travaillerons ensemble.

Mais elle ne lui dit pas ce qu'elle avait appris. Elle ne lui dit pas ce dont elle avait tant besoin.

Mais ils s'avancèrent l'un vers l'autre. Ensemble. Dans le même mouvement. Ils s'étreignirent avec force comme s'ils espéraient tous deux abolir la distance qu'ils savaient exister entre eux.

— J'aimerais tant être seule avec toi, chuchota-t-elle. Vraiment seule, comme ce jour-là sur le bateau.

— Nous irons demain.

Elle secoua la tête avant de poser sa joue sur sa poitrine.

— Je ne peux pas. Jusqu'au Bal, je n'ai plus une minute à moi. J'ai trop d'obligations, Reeve.

— Après le Bal alors.

Elle garda les yeux fermés une seconde.

— Oui. Après. Tu veux me faire une promesse ? Une promesse idiote.

Il déposa un léger baiser sur sa tempe.

— Idiote ? A quel point ?

— Toujours aussi rationnel, observa-t-elle en souriant. Quand ma mémoire reviendra et que tout ceci sera terminé, est-ce que tu passeras une journée avec moi sur le bateau ?

— Cela ne me semble pas si idiot.

Elle passa ses mains autour de son cou.

— Promets.

— Je promets.

Avec un soupir, elle se laissa aller contre lui.

— Je te rappellerai ta parole, le prévint-elle.

Chapitre 11

— Alors j'ai dit au professeur Sparks qu'un homme devait être fait de pierre pour se concentrer sur Homère quand une femme comme Lisa Barrow se trouve dans la même salle de classe que lui.

— A-t-il été de ton avis ? demanda Brie à Bennett d'une voix absente comme elle examinait les lustres fraîchement nettoyés qu'on hissait au plafond de la salle de réception.

— Tu plaisantes ? Il a avalé son parapluie quand il était petit... Mais j'ai obtenu un rendez-vous avec la divine Mlle Barrow.

Il souriait tranquillement, les deux mains enfoncées dans les poches arrière de son jean.

Brie éclata de rire tout en vérifiant la longue liste de ce qui restait à accomplir. Le Bal aurait lieu le lendemain et la liste semblait interminable.

— Je pourrais te dire que tu n'es pas à Oxford pour remplir ton carnet d'adresses.

Simplement, sans affectation, il passa un bras autour de ses épaules.

— Mais tu ne le feras pas. Tu ne m'as jamais fait la morale. Ah ! j'ai jeté un coup d'œil à la liste des invités. C'était un plaisir de voir que la superbe Lady Lawrence sera là.

Brie en oublia sa liste. Elle leva les yeux vers son frère.

— Bennett, Lady Alison Lawrence a près de trente ans et elle est divorcée.

Il lui adressa son regard charmeur, celui qui possédait un petit quelque chose de démoniaque.

— Et alors ?

Brie secoua la tête et soupira.

— Je devrais peut-être te faire la morale, après tout.

— Non, laisse ça à Alex. Il se débrouille bien mieux que toi.

— Oui, je m'en suis aperçue, murmura-t-elle.

— Ha, ha, tu as eu droit au petit speech coincé, toi aussi ?

Elle fronçait toujours les sourcils en suivant le second lustre entamer son voyage dans les airs.

— Est-ce son habitude ?

— Il est ainsi.

Il y avait dans ces trois mots beaucoup plus d'amour et de loyauté que de critique.

— Je n'ai pas eu le temps hier soir en arrivant, poursuivit Bennett, de te demander comment tu allais. Comment vas-tu, petite sœur ?

— Si seulement je savais quoi te répondre... là, le long des balcons...

Elle donnait leurs instructions aux hommes qui apportaient les longues tables. Elles seraient recouvertes de lin blanc, se dit-elle.

— Physiquement, il semble que le docteur

Franco soit satisfait de mon état. Bien qu'à mon avis, il regrette déjà de ne pas pouvoir me pouponner encore davantage. Quant au reste, tout se complique comme à plaisir.

Il prit sa main et effleura le diamant du bout de l'ongle.

— J'imagine que c'est une de ces complications ? s'enquit-il avec une tendresse amusée.

Elle se raidit puis s'obligea à se détendre.

— Ce n'est que temporaire. Tout redeviendra bientôt normal.

Tout à coup, Brie pensa à ses rêves, au café, au Thermos.

— Bennett, je voulais te parler de Nanny. Tu crois qu'elle va bien ?

Il parut étonné.

— Nanny ? A-t-elle été malade ? On ne m'a rien dit.

— Non, non, pas malade.

Brie hésitait. Elle ne savait pas trop comment expliquer ce qu'elle redoutait. Elle avait l'impression de trahir une fidélité de toujours.

— C'est qu'elle est assez âgée, à présent, enchaîna-t-elle avec difficulté. Et les gens deviennent parfois bizarres ou...

Cette fois-ci Bennett éclata de rire. Il lui prit la main qu'il flatta de trois petites tapes.

— Sénile ? Nanny ? Impossible. Elle a un esprit plus solide que du roc. Si elle t'a un peu embêtée à toujours vouloir t'apporter des tasses de lait chaud, c'est simplement qu'elle se sent le droit d'être ta seconde maman.

— Oui... bien sûr.

Ses doutes ne s'étaient pas envolés, mais Brie ne voulut pas les communiquer à son jeune frère.

— Brie, on murmure qu'entre Reeve et toi c'est l'histoire d'amour de la décennie.

Elle haussa simplement un sourcil mais tout à coup elle ressentit lourdement le poids de la bague à son doigt.

— Ah ? Eh bien, il semble que nous jouons bien notre rôle.

— Vous... jouez vraiment ?

— Ah non, tu ne vas pas t'y mettre, toi aussi. J'ai déjà eu cette conversation avec Alexandre.

Avec impatience, elle se dirigea vers les balcons ouverts sur la terrasse.

Tout aussi impatient, il la suivit. Il se força à parler à voix basse car il savait que les domestiques et leur entourage pouvaient témoigner de facultés auditives exceptionnelles.

— Je t'assure que ce n'est pas parce que je veux mettre mon nez dans des affaires qui ne me regardent pas. Mais il est naturel que je me sente concerné.

— Te sentirais-tu aussi concerné si nos fiançailles étaient véritables ? répliqua-t-elle d'un ton glacé.

Il étudia sa sœur quelques instants, ne sachant visiblement pas trop quoi dire. Il avait déjà compris pas mal de choses.

— Je me sens responsable, déclara-t-il enfin. Après tout, c'était plus ou moins mon idée et...

— Ton idée ?

Cette fois-ci, elle claqua de la paume de la main sur la table.

Bennett gigota sur place. Il avait toujours détesté, et évité de se disputer avec une femme. Il savait qu'il n'avait jamais le dessus.

— Eh bien, j'ai fait remarquer à père que cela paraîtrait un peu bizarre qu'on vous voie partout ensemble Reeve et toi. Qu'il vive au Palais et tout... Oh, bon sang !

Frustré par le regard glacial avec lequel elle suivait ses explications, il se passa une main dans les cheveux.

— On chuchotait déjà beaucoup dans notre dos. Des commérages, quoi...

— Qu'ai-je à craindre de commérages stupides ?

— Tu n'as jamais eu à t'en préoccuper par le passé, fit-il remarquer d'une voix plus désabusée qu'amère. Ecoute, Brie, je suis peut-être le plus jeune de nous trois, mais c'est moi qui possède l'expérience la plus significative dans un certain domaine : celui qui fait les choux gras d'une certaine presse.

— A juste titre, il semblerait.

Mais Bennett, lui aussi, pouvait se montrer d'une grande dignité.

— Oui, à juste titre. Mais moi j'ai choisi de vivre un certain genre de vie. Ce n'est pas ton cas. Je ne supporterais pas de voir ton nom et ton portrait s'étaler sur la couverture de certains magazines qui n'auront qu'une envie : celle de te couvrir de boue. Tu peux te mettre en colère, si tu veux. Mais je préfère te voir enragée que blessée à nouveau.

Elle aurait pu être furieuse après lui. Elle

savait qu'elle en avait le droit. Elle aurait pu lui dire une bonne fois pour toutes de se mêler de ses affaires. Qu'en essayant d'intervenir, il la rendait encore plus vulnérable qu'un scandale ne le ferait. Cette bague à son doigt n'était qu'un... leurre. Un jour, bientôt, elle baisserait les yeux et elle verrait son doigt nu. La bague aura disparu.

Elle aurait pu être furieuse mais l'immense affection qu'elle éprouvait la calma. Il était si jeune, si attentionné.

— Bennett, espèce de crapule, gronda-t-elle tandis qu'elle le prenait dans ses bras. Je devrais te donner cent coups de bâton.

Il l'étreignit comme seul un frère peut étreindre sa sœur.

— Je ne pouvais pas savoir que tu allais tomber amoureuse de lui.

Elle aurait pu nier, épargner sa fierté. Au lieu de cela, elle secoua la tête et soupira.

— Non, ni moi non plus.

Comme Brie se détachait de lui, elle aperçut deux femmes escortées par un majordome pénétrer dans la pièce. Elle avait donné des instructions concernant Christina Hamilton et sa sœur : elles devaient être dès leur arrivée conduites auprès d'elle.

D'après les photos qu'on lui avait données, Brie reconnut la grande et séduisante femme brune en tailleur *Saint-Laurent*. Elle éprouva un insoutenable sentiment de panique.

Que fallait-il qu'elle fasse ? Devait-elle traverser la pièce en courant et se jeter dans les bras de l'inconnue ? Ou bien devait-elle l'attendre ici sur place, un sourire de bienvenue aux lèvres ?

— C'est ta meilleure amie, lui murmura Bennett dans le creux de l'oreille. Tu disais que tu avais deux frères grâce à tes parents et une sœur grâce à la chance : tu parlais de Christina.

Cela fut assez pour lui permettre de dominer sa panique. Les deux jeunes femmes avaient commencé leur révérence quand Brie, se fiant à son instinct, franchit les quelques mètres qui les séparaient, les mains tendues. Christina fit le reste.

— Oh, Brie !

Riant, Christina lui tenait les mains et l'étudiait. Son regard était doux mais malicieux. La bouche s'étirait en un large sourire.

— Tu as l'air radieuse, superbe, merveilleuse !

L'instant d'après, Brie se retrouva étouffée dans une étreinte digne d'un ours. Pourtant la panique ne revint pas.

— Je suis contente que tu sois venue, déclara Brie en se laissant aller joue contre joue. Tu dois être épuisée.

— Oh, tu sais comme je souffre du décalage horaire. Et, en plus, cet avion semblait ne jamais vouloir atterrir. Eh, mais tu as perdu quelques kilos ! C'est encore pour me rendre jalouse !

Brie souriait. Elle était parvenue à s'extraire des bras amicaux de Christina.

— Oh, pas plus de deux ou trois kilos.

— Non mais, écoutez-la : pas plus de deux ou trois kilos ! alors que moi, je viens de suivre un régime draconien, basses calories, et tout et tout, me privant de toutes les bonnes choses que le monde a à offrir et j'ai *pris* deux ou trois kilos... Prince Bennett, ajouta-t-elle en tendant sa main, s'attendant à ce qu'il la baise. Je me demande, en vous voyant tous les deux, s'il n'y a pas quelque chose dans l'atmosphère de Cordina qui rend les gens beaux.

Bennett ne la déçut pas. Mais comme ses lèvres effleuraient le dos de sa main, son regard glissa vers sa sœur cadette.

— L'atmosphère de Houston doit être magique.

Le regard n'avait pas échappé à Christina. Comme au baisemain, elle s'y était attendue. Après tout, Eve était une jeune fille qu'aucun homme ne pouvait ignorer. Ce qui inquiétait quelque peu sa sœur aînée.

— Prince Bennett, je ne crois pas que vous ayez déjà rencontré ma sœur, Eve.

Bennett tenait déjà la main d'Eve. Ses lèvres s'y attardèrent beaucoup plus longtemps. Il nota en un instant la cascade de cheveux sombres, les yeux rêveurs d'un bleu d'azur, les lèvres pleines et sensuelles.

— Je suis heureuse de vous rencontrer, Votre Altesse.

Elle possédait une voix de femme et non de petite fille : aussi riche que sa chevelure, aussi profonde que son regard.

— Tu es ravissante, Eve, intervint Brie en subtilisant la main de la jeune femme à son frère. Je suis heureuse de te voir.

Eve lança un regard émerveillé autour d'elle.

— Tout est exactement comme Chris me l'avait décrit. Et j'ai l'impression de n'avoir encore rien vu.

Elle leur adressa un sourire radieux, dangereusement radieux. Dangereux parce qu'aussi naturel qu'un lever de soleil.

— Dans ce cas,je me dois de vous faire visiter, affirma Bennett en écartant sa sœur avec un savoir-faire confirmé. Je suis certain que Brie et Christina ont des tas de choses à se dire. Qu'aimeriez-vous voir en tout premier lieu ?

Après avoir salué d'une rapide et élégante courbette les deux femmes, il entraîna sa compagne hors de la pièce, bras dessus, bras dessous.

Ne sachant trop si elle devait rire ou s'alarmer, Brie les suivit du regard.

— Eh bien, il semble que mon petit frère n'y aille pas par quatre chemins.

— Et Eve ne cherche pas à se faire beaucoup désirer non plus, remarqua Christina en fronçant les sourcils. Bah ! après tout, je ne peux pas lui servir en permanence de chaperon. Et la bonne éducation de la famille princière de Cordina est connue dans le monde entier... Es-tu très occupée ?

Réorganisant mentalement tout son planning, Brie secoua la tête :

— Pas trop. Mais demain je n'aurai pas le temps de respirer.

— Alors, profitons-en tout de suite, affirma Christina en liant son bras au sien. Tu crois qu'on pourrait avoir quelques gâteaux et du thé dans tes appartements, comme cela nous arrivait avant ? Je n'arrive pas à croire que cela fait un an. Ça en fait des choses à se raconter...

Si seulement tu savais, se dit Brie comme elles se mettaient en marche.

— Raconte-moi tout sur Reeve, exigea Christina en choisissant un petit four rose sur le plateau.

Brie tournait et tournait sa cuillère dans sa tasse de thé alors qu'elle avait oublié d'y mettre du sucre.

— Je ne sais que te dire.

— Tout, laissa tomber Christina avec emphase. Je meurs de curiosité.

Elle enleva ses chaussures et s'accroupit sur son siège sans façon. Elle commençait à se détendre. Mais elle avait remarqué que c'était loin d'être le cas de son amie. Elle mit cette tension sur le compte des préparatifs du Bal.

— Attends, je vais te faciliter les choses, assura-t-elle. D'abord, tu n'as pas à me dire comment il est physiquement : sa photo est dans tous les magazines. Est-il drôle ?

Brie repensa à cette journée passée sur le bateau, aux promenades en voiture qu'ils effectuaient parfois ensemble. Elle repensait à ces dîners pompeux et officiels où il lui glissait parfois dans le creux de l'oreille une remarque légère mais toujours immanquablement précise et juste. Cela la refit sourire.

— Oui. Oui, il est drôle. Et il est fort... et intelligent et plutôt arrogant.

— Ouh la la, tu es sérieusement atteinte, murmura Christina en l'étudiant attentivement. Je suis heureuse pour toi.

Brie essaya de sourire, en vain.

— Tu le rencontreras bientôt et tu pourras ainsi te faire ta propre idée.

— Hon, hon...

Christina détaillait le plateau recouvert de petits fours tous plus mignons et appétissants les uns que les autres. Elle ne parvint pas à résister à la tentation. Elle choisit l'un des plus gros.

— C'est une des choses qui me dérangeait.

Instantanément en alerte, Brie reposa sa tasse sur la table.

— Dérangeait ?

— Eh bien, oui. Où est-ce que *toi* tu l'as rencontré ce merveilleux, intelligent et arrogant monsieur ? Je ne peux pas croire que c'était l'an dernier quand tu étais aux Etats-Unis. Tu as passé les trois derniers jours de ton séjour chez moi à Houston et tu ne m'en as pas soufflé mot.

— Dans mon milieu, on apprend à se montrer discrète, répondit Brie de façon aussi naturelle que possible.

Et elle fit semblant de s'intéresser aux petits fours.

Christina avala une bouchée de gâteau avant d'enchaîner :

— Pas discrète à ce point, quand même. En fait, je me souviens très bien t'entendre dire qu'il n'y avait encore personne dans ta vie, que les hommes ne t'intéressaient pas. Et j'étais plus ou moins tombée d'accord, car je venais de rompre d'une façon désastreuse avec Tom.

Brie eut l'impression que le gouffre qui s'ouvrait sous elle prenait des proportions vertigineuses.

— J'imagine que je n'étais pas encore sûre de mes sentiments... ou des siens.

— Et comment avez-vous fait connaissance? Je veux dire : il y avait l'Océan entre vous...

— Oh, nos pères sont très liés, comme tu as dû l'apprendre.

Tout à coup, Brie se souvint d'un élément que Reeve lui avait rapporté et qu'elle avait presque oublié :

— En fait, nous nous sommes rencontrés il y a plusieurs années, ici à Cordina. C'était au cours de mon seizième anniversaire.

— Tu ne vas pas me dire que tu es amoureuse de lui depuis près de dix ans?

Brie se contenta de hausser les épaules : comment affirmer ou nier ce qu'elle ignorait?

Heureusement, Christina, quant à elle, trouvait l'idée si romantique qu'elle n'insista pas. Elle se versa encore un peu de thé.

— Eh bien, s'exclama-t-elle, ceci explique certainement pourquoi tous ces hommes merveilleux ne t'attiraient pas quand nous étions à Paris. Je suis vraiment heureuse pour toi.

Elle posa brièvement, légèrement sa main sur celle de Brie. Un geste d'amitié tout bête, tout simple mais qui amena des larmes aux yeux de la Princesse. Elle les repoussa le plus discrètement possible.

— Je suis contente qu'il se soit trouvé ici après... après... commença Christina.

Puis elle reposa la théière. Visiblement, elle n'y trouvait plus aucun attrait. Elle reprit la main de son amie, mais cette fois-ci d'une façon plus ferme.

— Brie, j'aimerais tant que tu me parles de cette horrible histoire. Les journaux sont si vagues. Je sais qu'ils n'ont pas encore arrêté les responsables et je n'arrive pas à le supporter.

— La police enquête.

— Mais ils n'ont encore arrêté personne. Est-ce que tu peux dormir tranquille en sachant cela ? Moi, je ne peux pas.

Incapable de rester assise, Brie se leva, les doigts noués.

— Non, non, je ne peux pas. J'ai essayé de reprendre mon travail quotidien mais je n'arrive pas à m'y faire. C'est comme d'attendre, toujours attendre sans savoir.

— Oh, Brie...

Chris était venue à ses côtés et l'enlaçait.

— Ecoute, je ne veux pas te forcer, mais nous avons toujours tout partagé. J'avais si peur pour toi...

Elle s'arrêta pour essuyer impatiemment une larme.

— Bon sang, s'exclama-t-elle, je m'étais pourtant juré d'éviter ce genre de ridicule. Mais je ne peux pas m'empêcher. Chaque fois que je revois ce titre dans le journal, je... je...

Brie repoussa l'émotion de toutes ses forces.

— Tu ne devrais pas y penser. C'est terminé.

Les yeux encore mouillés exprimaient un total étonnement.

— Je suis désolée, Brie...

Blessée, sans trop en connaître la raison, Chris se pencha pour remettre ses chaussures.

— J'oublie parfois trop facilement, confessa-t-elle en se préparant à partir, ta position et les règles auxquelles tu dois obéir.

Déchirée entre son instinct et une promesse, Brie hésita.

— Non. Ne pars pas, Chris. J'ai besoin... Oh, mon Dieu..., comme j'ai besoin de parler à quelqu'un.

Elle regarda à nouveau son amie, puis fit son choix.

— Nous sommes de très bonnes amies, n'est-ce pas ? demanda-t-elle.

Chris parut complètement désorientée.

— Brie, tu sais que...

— Non ! dis-moi !

Christina reposa ses chaussures.

— Eve est ma sœur, annonça-t-elle avec calme. Et je l'aime. Il n'y a rien au monde que je ne ferais pour elle. Je ne t'aime pas moins.

Brie ferma les yeux un moment.

— Assieds-toi, s'il te plaît.

Elle attendit puis prit place aux côtés de Christina. Respirant à fond, elle se lança. Elle raconta tout à son amie.

Parfois Chiristina pâlit, parfois ses yeux s'agrandirent, mais elle n'interrompit pas le récit une seule fois. Quand il fut terminé, elle resta silencieuse pendant un moment. Puis, elle explosa :

— Ça pue.

— Pardon ?

— Ça pue, répéta Chris. C'est toujours pareil avec la politique, d'ailleurs.

Pour une raison inconnue, la réaction violente et inélégante de Christina réconfortait Brie. Elle sourit et prit un petit four sans y penser.

— Je ne peux pas vraiment en vouloir à la politique : après tout, j'ai tout accepté.

Exaspérée, Christina se dressa, marcha jusqu'à une petite commode en bois comme si elle voulait la briser.

— Et qu'est-ce que tu pouvais bien faire d'autre ? s'écria-t-elle. Tu étais faible, désorientée et terrifiée.

— Oui, murmura Brie, oui, j'étais faible.

Christina avait localisé une délicieuse petite flasque en cristal.

— J'ai besoin d'un cognac, déclara-t-elle. Et toi aussi.

Sans cérémonie, elle ne prit pas la peine de chercher des verres et versa le liquide ambré dans les tasses qu'elles avaient utilisées.

— Je ne savais même pas qu'il y avait du cognac ici, remarqua Brie.

Elle accepta la boisson que lui tendait Chris. Celle-ci avala une bonne gorgée avant de déclarer d'une voix sourde :

— Tu te souviendras ! Tu retrouveras ta mémoire, pour la simple et bonne raison que tu es bien trop têtue pour te laisser faire.

Et pour la première fois, Brie le crut. Totalement. Avec quelque chose qui ressemblait à du soulagement, elle leva sa tasse en direction de son amie.

— Merci.

— Si seulement je ne m'étais pas laissée convaincre, j'aurais été à tes côtés depuis des semaines, grommela Christina en s'asseyant sur l'accoudoir du sofa. Ton père, ce Loubet et le merveilleux Reeve MacGee, on devrait les réunir, les attacher à un arbre et leur donner la cravache. J'aimerais bien leur faire sentir de quel bois je me chauffe.

Brie éclata de rire. Voilà exactement de quoi elle avait besoin, réalisa-t-elle, pour contrebalancer la protection étouffante que tous ces hommes lui prodiguaient.

— J'aimerais assister à la scène.

— Ne t'en fais pas, tu vas y assister. Ce qui m'étonne c'est que tu ne leur aies pas dit leurs quatre vérités.

— En fait, je crois que je me suis fâchée une ou deux fois.

— Ah ! voilà la Brie que je connais.

— Le problème, c'est que mon père agit au mieux des intérêts de son pays et des miens et Loubet aux mieux des intérêts du pays. Je ne peux pas les en blâmer.

— Et Reeve ?

— Je l'aime.

Elle l'avait dit tout simplement.

— Oh, alors cette partie-là de l'histoire est réelle ?

— Non. Ce que j'éprouve est réel. Le reste est exactement comme je te l'ai dit. Quand tout ceci sera terminé, il repartira.

— Bah, ce n'est pas un problème.

Même si elle ne voulait surtout pas de la pitié, elle s'était attendue à ce que Chris lui témoigne un peu de sympathie.

— Pas un problème ?

— Bien sûr que non. Si tu le veux, tu l'auras.

Gabriella montra à la fois de l'amusement et de l'intérêt.

— Vraiment ? Comment cela ?

Christina avala une rapide gorgée de boisson avant de répondre :

— Hummm, fameux ce petit cognac ! Si tu ne te souviens pas de tous les hommes que tu as dû repousser alors qu'ils se traînaient à tes pieds, ne compte surtout pas sur moi pour te les rappeler : ce ne serait vraiment pas agréable pour ma petite fierté. De toute façon, conclut-elle en trinquant avec la tasse de Brie, ils n'en valent pas la peine.

— Qui ça ?

— Les hommes, expliqua Christina comme si cela allait de soi. Les hommes ne valent pas le millième de la peine que nous nous donnons pour eux.

Etrangement, Brie eut l'impression qu'elles avaient déjà tenu cette conversation auparavant. Un gros éclat de rire prit naissance dans sa gorge.

— Tous les hommes ? Il n'y en a pas un pour

racheter les autres ? Une exception ? Un miracle ? Un Martien ?

— Pas un !

— Chris...

Cette fois-ci, ce fut Brie qui enlaça son amie :

— Je suis heureuse que tu sois venue.

Chris se pencha pour lui embrasser la joue. Toujours perchée sur son bras de fauteuil, elle ne parvint pas à garder son équilibre. Elle s'effondra avec un hurlement comique sur la Princesse.

Elles pouffèrent comme deux collégiennes. Par miracle, leurs deux tasses ne s'étaient pas renversées.

Elles trinquèrent une nouvelle fois, très joyeusement.

— Bon, tout ça c'est bien beau, déclara Chris, mais si on se mettait aux choses sérieuses : pourquoi ne viendrais-tu pas m'aider à choisir une tenue absolument dévastatrice pour le dîner de ce soir ?

CHAPITRE 12

Du charme, du luxe, de la fantaisie : c'était le bal princier dans un Palais séculaire. Elégance, somptuosité, sophistication étaient au rendez-vous de cette assemblée de gens riches, célèbres ou royaux.

Cinq lustres en cristal de Baccarat frissonnaient de lumière. Certaines des couleurs qui naissaient dans ces reflets n'auraient pu être nommées. Cinq cents mètres carrés de parquet avaient la teinte du vieux miel. Il y avait de l'argent, du cristal encore, des nappes immaculées et des centaines de gerbes de fleurs. Et tout cela servait d'écrin aux robes de soie, aux bijoux enflammés qui ruisselaient sur les peaux nues, aux privilégiés qui font partie de ce monde très particulier qu'on nomme grand.

Gabriella accueillait ses invités tout en essayant d'oublier qu'elle était fatiguée. Elle venait de travailler douze heures d'affilée pour s'assurer que le moindre détail serait parfait. Elle y était parvenue. Et la satisfaction qu'elle éprouvait parvenait malgré tout à apaiser ses nerfs à vif.

Pour elle, tous ces gens n'étaient qu'une mer

de visages et une longue liste de noms qu'elle avait dû apprendre par cœur.

Son père était à ses côtés. Il avait revêtu son uniforme d'apparat qui rappelait qu'il avait été un grand soldat. Mais Brie trouvait qu'il ressemblait à un dieu : superbe et puissant. Lointain.

On venait la saluer, lui baiser la main. Heureusement, les conversations étaient généralement brèves et vagues et chaque personne devait d'abord passer devant Reeve et les deux Princes.

Reeve, quant à lui, l'admirait dès qu'il en avait le loisir. C'était sa Princesse. Au moins pour ce soir. Si même, il devait la perdre quand elle retrouverait ses souvenirs et sa vie, aujourd'hui, elle était sa fiancée et il avait envie de croire à ces fiançailles qu'on leur avait imposées. Elle était entièrement drapée de blanc : un blanc immaculé, glacé, inaccessible presque. Sa robe était à peine décolletée dégageant sa gorge si délicate, la soie recouvrait ses bras jusqu'aux poignets, ses jambes presque jusqu'au sol.

Comment un homme qui avait possédé une telle femme pourrait-il jamais en désirer une autre ? se demandait Reeve.

— Vous l'avez vue ? Elle est extraordinaire ! chuchota Bennett de façon à ce que seuls son frère et Reeve puissent l'entendre.

Reeve, lui, ne voyait qu'une seule femme, mais il connaissait Bennett.

— Qui ça ?

— Eve Hamilton. Elle est fantastique.

Derrière lui, Alexandre fit entendre un petit grognement désapprobateur.

— C'est une enfant.

— Il te faut des lunettes, lui conseilla Bennett. Ou des vitamines.

La jeune américaine était vêtue d'une robe d'un rouge très vif. Même si sa coupe en était très classique, conservatrice même, elle n'en restait pas moins très provocante.

Enfin, tous les invités semblaient être arrivés. Brie fit un petit signe à l'orchestre qui entama une valse.

Elle donna son bras à Reeve et ils gagnèrent le centre de la piste pour ouvrir le bal. Il la prit dans ses bras et ils commencèrent à tournoyer seuls et admirés.

— Tu es belle, lui murmura-t-il.

— Ma couturière est géniale.

Il fit alors quelque chose qu'ils savaient tout deux difficilement acceptable dans ce milieu : il l'embrassa.

— Ce n'est pas ce que je voulais dire, murmura-t-il.

Brie sourit et oublia sa fatigue.

Le Prince Armand invita la sœur d'un roi exilé, Alexandre choisit une distante cousine d'Angleterre. Bennett, lui, glissa une main autour de la taille d'Eve Hamilton. Et ainsi le bal commença.

Il était, comme il se doit, magique : caviar et violons; valses viennoises, barons et comtes, milliardaires et gouvernants.

Brie savait qu'il était de son devoir de danser avec le plus grand nombre. Elle découvrit, avec soulagement, que cette corvée ne lui déplaisait pas trop.

Elle rit avec le docteur Franco quand elle s'aperçut qu'il tentait de lui prendre son pouls tout en dansant.

— Absolument pas, protesta-t-il de sa bonne foi. Je n'ai pas besoin d'une auscultation très détaillée pour savoir que vous êtes en pleine forme, Votre Altesse. Il suffit de vous voir, rayonnante.

— Brie semble détendue, remarqua Christina comme elle donnait sa main à Reeve.

— Votre arrivée l'a beaucoup aidée.

Elle lui lança un regard aigu. Ils avaient déjà eu une discussion ensemble mais pas suffisamment longue et consistante pour que la jeune femme perde toute agressivité à son égard.

— Et si j'étais venue plus tôt, cela l'aurait encore plus aidée.

Quant à Reeve, il avait déjà appris à apprécier sa franchise.

— Vous pensez toujours à me faire donner la cravache ? s'enquit-il.

— Ah... elle vous l'a dit. Oui, je pense que vous l'avez bien méritée.

— Je ne veux que lui offrir ce qu'il existe de meilleur pour elle.

Elle l'étudia un moment avant de répondre.

— Vous devez être idiot si vous ne savez pas encore ce qu'il lui faut.

Brie passait d'un groupe à l'autre avec une habileté consommée. Janette Dupont se tenait solitaire dans un coin de la salle.

— Janette, l'accueillit la Princesse, j'avais peur que vous ne veniez plus.

— J'étais en retard, Votre Altesse. Il y avait encore un peu de travail au bureau.

— Ne parlons pas de cela, ce soir. Vous êtes ravissante.

Tout en parlant, Brie cherchait du regard un cavalier acceptable pour sa secrétaire habillée de façon presque trop discrète.

— Votre Altesse, s'inclina Loubet. Mademoiselle Dupont.

— Monsieur, répondit Brie en souriant car elle pensait avoir trouvé la solution à son problème.

— Le bal est parfaitement réussi, comme d'habitude.

— Je vous remercie. Tout se passe bien et votre femme est superbe.

Brie avait été stupéfaite de découvrir la femme du ministre d'Etat : une jeune femme blonde, délicieuse et drôle qui semblait former avec son mari un couple réussi.

— Merci, Votre Altesse, répondit Loubet avec plaisir et fierté. Mais elle m'a abandonné. J'espérais que Votre Altesse aurait pitié de moi et m'accorderait une danse.

Alexandre s'approchant, Brie poussa un soupir intérieur.

— Bien sûr, accepta-t-elle, mais j'ai déjà promis cette danse à mon frère... Je suis sûre que Mlle Dupont se fera un plaisir de vous accompagner ?

Elle glissa son bras sous celui du Prince en se félicitant de sa manœuvre.

— Ce n'était pas très subtil, remarqua celui-ci quand ils se furent éloignés.

— Oui, mais c'était efficace, répliqua-t-elle. Je ne voulais pas qu'elle passe la soirée toute seule dans son coin. A présent quelqu'un d'autre pourrait être tenté de l'inviter.

Il souleva un sourcil.

— Tu parles de moi ?

— Pourquoi pas ?

— En tout cas, observa-t-il, elle ne semble pas ravie de danser avec Loubet. Cette femme a peut-être du goût, après tout.

— Alex, le réprimanda sa sœur avant de sourire. Au fait, où est Bennett ?

— Sûrement quelque part en compagnie de cette petite américaine.

— Qui ?... oh, Eve !

— Cette petite ne sait vraiment pas se tenir. Quant à Bennett !

Cette fois, le Prince haussa deux sourcils.

— Alex !

— D'accord, d'accord, soupira-t-il en se détendant à peine.

Enfin, alors qu'elle ne tenait plus le compte de tous ceux avec qui elle avait dansé, Brie retrouva Reeve. Elle se laissa entraîner sur une des terrasses.

— Il y a trop de monde par ici, grommela-t-il une fois qu'ils furent isolés.

— Oui, mais ils semblent tous bien s'amuser.

— Alors, profitons-en, nous aussi.

Il la prit par la taille et ils se mirent à danser

sous le ciel parsemé d'étoiles, parmi les senteurs de fleurs délicates.

— Oh, comme c'est bon... murmura-t-elle.

— Une princesse devrait toujours danser sous les étoiles, assura Reeve.

Elle rit et renversa la tête pour le regarder. Tout à coup, quelque chose se passa en elle. Le visage de Reeve sembla se fondre, changer... Etait-il plus jeune ? Elle ne le savait pas vraiment. Ses yeux étaient-ils plus candides ? L'odeur des fleurs se transforma. Elle respirait un fort parfum de roses humides.

Puis, le gris. Elle défaillit. Il n'y avait plus rien : ni musique, ni odeurs, ni lumières. Reeve la retint fermement.

— Brie, s'alarma-t-il.

— Non... ça va mieux.

Et c'était vrai. Elle recouvrait ses moyens. Elle pouvait le distinguer à nouveau clairement.

— J'étais... nous étions ici. Toi et moi, ici sur cette terrasse, se souvenait-elle. Nous avions dansé et il y avait des roses autour de nous. Après la danse, tu m'as embrassée.

« Et je suis tombée amoureuse de toi », se retint-elle d'ajouter. Elle était amoureuse de lui depuis l'âge de seize ans. Et maintenant, tant d'années plus tard, rien n'avait changé. Tout avait changé.

— Tu te souviens.

— Oui, je me souviens. Je me souviens de toi.

Leurs deux voix tremblaient. Mais Reeve savait qu'il devait poser une autre question :

— Rien d'autre ? Tu ne te souviens de rien d'autre ? Rien que de cette soirée ?

Elle voulut chercher mais secoua la tête. Cela faisait mal, s'aperçut-elle. Les souvenirs lui faisaient mal.

— Je ne peux pas penser. J'ai besoin... Reeve, j'ai besoin d'un petit moment. Seule...

Il lança un regard en direction de la salle de bal, et se décida :

— D'accord. Je vais te ramener à ta chambre.

— Non, mon bureau est plus près. C'est juste là derrière...

Ils commencèrent à traverser prudemment le jardin, lui la soutenant, elle laissant échapper quelques phrases.

— Je dois m'asseoir et penser... personne ne me dérangera là-bas.

Reeve remarqua avec satisfaction qu'un garde les avait discrètement suivis. Les ordres du Prince Armand étaient consciencieusement suivis.

Le bureau était plongé dans l'obscurité. Mais quand il voulut allumer, elle l'arrêta.

— Non, s'il te plaît.

— Comme tu veux... je vais rester avec toi.

A nouveau, elle résista.

— Reeve, j'ai besoin d'être seule.

Il dut lutter contre lui-même, contre son amour-propre pour ne pas se sentir rejeté.

— D'accord. Mais je vais aller chercher le docteur.

— Si tu penses que tu le dois. Mais accorde-moi d'abord quelques instants de solitude.

Il l'observa encore puis se dirigea à regret vers la porte.

— Reste ici jusqu'à mon retour. Repose-toi.

Elle attendit jusqu'à ce qu'il ait refermé la porte. Alors elle s'étendit sur le petit sofa.

Tant d'émotions. Tant de souvenirs qui luttaient pour revenir à la surface de son esprit. Elle avait cru que de retrouver sa mémoire serait un soulagement, mais elle s'apercevait maintenant que cela faisait mal, très mal. Comme si un gigantesque combat avait commencé sous son crâne.

Elle se souvenait de sa mère, de ses funérailles. La douleur. La peine, le chagrin. La perte. Et son père, dévasté lui aussi. Ils se serraient l'un contre l'autre. Elle se souvenait d'une paire de pantoufles idiotes que Bennett lui avait offerte : en forme d'éléphant avec une trompe qui se relevait au bout du pied. Elle se souvenait d'un match d'escrime avec Alexandre et de sa rage quand il l'avait désarmée.

Elle ne se rendait pas compte qu'elle pleurait et riait quand un souvenir remplaçait un autre.

— Ecoutez-moi.

Elle sursauta. C'était un murmure et s'il faisait partie de ses souvenirs elle n'en voulait pas. Elle secoua la tête. Le murmure continua.

— Ecoutez-moi... ce doit être fait ce soir.

— Et moi, je vous dis que cela ne me plaît pas.

Non, réalisa Brie, ce n'était pas des souvenirs. C'était bien des voix qu'elle entendait à travers la fenêtre ouverte. Deux personnes qui se trouvaient dans le jardin. Deux voix qu'elle avait déjà entendues dans une pièce sombre. Deux voix qu'elle reconnut.

Comment avait-elle pu être aussi aveugle? Aussi stupide? Oui, elle les reconnaissait. Et cette fois-ci, sa mémoire ne la faisait plus souffrir. Elle n'avait plus peur. Elle était furieuse.

— Nous suivrons le plan prévu. Quand nous l'aurons, vous l'emmènerez à la villa. Nous utiliseront une drogue plus forte. Et les gardes seront éloignés. A une heure exactement, un message sera remis au Prince. Alors il saura que sa fille a été à nouveau enlevée. Et il saura qu'il devra payer pour la retrouver.

— Deboque.

— Et cinq cents millions de francs.

— Vous et votre argent! L'argent n'a pas d'importance!

— Oui, mais j'aurais la satisfaction de voir Armand payer. Après toutes ces années, j'aurai ma vengeance.

— Si vous vouliez une vengeance, alors il fallait le tuer.

— Ne vous occupez pas de cela. Je le ferai souffrir. Quant à vous, faites ce que vous avez à faire sinon Deboque restera en prison.

— Je ferai ma part du travail.

Ils se haïssaient, réalisa Brie. Tout à coup, elle n'entendit plus rien. Ils étaient partis. Ils les avaient utilisés, elle et son père. Ils avaient profité de l'affection qu'ils leur avaient portés. Mais c'était fini à présent.

Elle se leva et se dirigea vers la porte de la pièce. Elle allait les dénoncer à son père. Ils ne l'enlèveraient pas une nouvelle fois. Elle tourna la poignée, ouvrit. Quelqu'un se trouvait derrière la porte.

— Oh, Votre Altesse !

Un peu étonnée, Janette recula et fit sa révérence.

— Je ne savais pas que vous vous trouviez ici. J'avais besoin de quelques papiers...

— Je pensais vous avoir dit qu'on ne parlait pas de travail, ce soir.

— Oui, Votre Altesse, je...

— Ecartez-vous...

Ce fut sa voix qui la trahit. Janette n'hésita pas une seconde. De son sac, elle produisit un petit revolver. Brie n'eut pas le temps d'esquisser un geste.

Avec le plus grand sang-froid, Janette se retourna et visa le garde qui bondissait hors de l'ombre. Elle tira la première. La détonation retentit à peine, étouffée par un silencieux. Le garde s'effondra. Brie voulut se précipiter à son secours. Elle sentit le canon de l'arme s'enfoncer dans son ventre.

— Nous ne pouvons plus nous en tenir à notre plan, remarqua Janette Dupont. Mais je suis persuadée que les autres gardes y regarderont à deux fois avant d'intervenir si j'ai cette arme braquée sur votre tête. Avancez !

— Oh, c'est si merveilleux ! s'extasia Eve. Ce doit être extraordinaire de vivre dans un Palais comme celui-ci.

— Vous savez, répondit Bennett, j'aimerais bien connaître Houston.

— Ça ne vaut pas ça, murmura Eve en se tournant vers le jeune homme.

Ils étaient assis tous deux sur un banc à l'abri des regards. Le Prince avait passé son bras autour de ses épaules. Il s'approcha d'elle, les lèvres entrouvertes.

Elle sourit.

— Vous savez. J'ai lu beaucoup de choses... intéressantes à votre sujet.

— Elles sont toutes vraies...

Il sourit à son tour et lui baisa la main.

— Mais c'est vous qui m'intéressez à présent, Eve... Bon sang, mais c'est impossible de trouver un coin tranquille dans ces jardins ! chuchota-t-il excédé.

Il venait d'entendre des pas sur l'allée de graviers. Ne voulant pas être dérangé, il entraîna Eve derrière un buisson.

— Je n'irai pas plus loin ! affirma Brie en se retournant vers celle qui la tenait.

Bennett vit alors le reflet de l'arme.

— Oh mon Dieu ! s'exclama-t-il d'une voix étouffée.

Immédiatement, il recouvrit la bouche d'Eve de sa main. Il se pencha à son oreille.

— Ecoutez-moi, retournez au bal et allez trouver mon père, ou Alex ou Reeve. Ou les trois si vous le pouvez. Ne dites rien à personne d'autre et surtout ne faites pas un bruit.

Il n'eut pas besoin de lui répéter. Eve avait

l'esprit vif. Elle enleva ses chaussures à talons et courut à travers les arbres.

— Je n'aimerais pas avoir à vous tuer, annonça Janette.

Brie croisa les bras. Elle s'était déjà échappée une fois. Elle pouvait recommencer.

— Je veux savoir pourquoi.

— Deboque est mon amant. Je le veux. Pour vous, votre père se vendrait au diable.

— Mais comment avez-vous pu vous faire embaucher ? Nous menons des enquêtes et...

Elle s'arrêta. Elle avait compris :

— Mais oui, bien sûr : c'est Loubet !

Pour la première fois, Janette eut un large sourire.

— Et oui. Deboque connaissait Loubet. Il savait qu'il en voulait à votre père pour cet accident. Quelques menaces au bon moment ont suffi à le convaincre de nous aider. Loubet ainsi pourrait avoir sa vengeance.

— Vengeance ? Mais pourquoi ?

— Cet accident... C'est votre père qui conduisait. Il était jeune et téméraire à l'époque. Lui et le diplomate ont peu souffert. Mais Loubet...

— Il boite encore... murmura Brie.

— Et il n'a pas d'enfant et ne pourra jamais en avoir. Il adore sa jeune femme et il ne peut lui faire un enfant. Il croit que c'est à cause de cet accident même si les docteurs lui ont assuré que cela n'avait rien à voir.

— Alors il a organisé cet enlèvement pour punir mon père ? Il est fou.

— La haine explique bien des choses. Moi, je

ne hais personne. Je veux simplement retrouver mon amant. Je suis tout à fait saine d'esprit, Votre Altesse, je ne vous tuerai que si j'y suis obligée.

— Vous ne pouvez me tuer, remarqua Brie. Morte, je ne vous serai d'aucune utilité.

— Tout à fait exact. Mais savez-vous comme une balle peut être douloureuse quand on la loge où il faut et sans que cela mette votre vie en danger ?

Elle pointa son arme.

— Non !

Furieux, terrifié pour sa sœur et impulsif, Bennett bondit. Il faillit surprendre Janette. Il était presque arrivé jusqu'à elle quand elle pressa la détente. Le jeune Prince roula au sol.

— On mon Dieu, Bennett ! hurla Brie en s'agenouillant à ses côtés. Oh, non, non ! Bennett.

Son sang maculait la blancheur de sa robe comme elle l'avait pris dans ses bras.

— Allez-y, tirez ! ordonna-t-elle à Janette d'une voix folle. Tirez ! tuez-moi aussi car si vous ne le faites pas, je vous ferai payer cela au centuple ! A vous et à votre amant !

— Et c'est ce qui va arriver, annonça calmement Reeve.

Il était suivi de gardes armés portant des torches. Le prince Armand se précipita vers ses enfants.

Reeve et Alexandre s'avancèrent vers Janette qui avait toujours son arme.

Elle capitula.

— Je suis une femme pratique, inutile de

dramatiser, énonça-t-elle en lâchant son revolver.

— Oh, papa, pleurait Brie. Il a bondi... Il voulait me sauver... Le docteur...

— Il est avec nous. Viens, Gabriella, viens avec moi...

— Je ne le laisserai pas.

— Ne commence pas à discuter, gémit Bennett d'une voix faible. J'ai une migraine épouvantable.

Elle faillit se mettre à hurler. Elle l'avait cru mort.

Epilogue

Il le lui avait promis : une dernière journée ensemble sur l'eau. Et alors tout serait fini, se dit Reeve tandis que le *Liberté* glissait sur la mer.

La tragédie avait été évitée de justesse. Même si Loubet avait déjà été arrêté quand Eve avait pénétré dans la salle de bal. Brie avait risqué sa vie une fois de plus.

Ils se dirigeaient vers la petite crique où...

— Je n'arrive pas à croire que c'est fini, observa Brie.

Oui, c'est fini, se dit Reeve. Mais il ne pensait pas à la même histoire.

— Ça l'est pourtant.

— Loubet... J'ai presque du chagrin pour lui. Une maladie mentale... Et Janette, si amoureuse de cet homme.

— Ce sont presque des assassins, lui rappela-t-il. Bennett et le garde ont eu beaucoup de chance.

Au cours de ces trois derniers jours, Gabriella avait beaucoup réfléchi.

— Je sais. J'ai tué moi aussi.

— Brie...

— Non, je l'accepte à présent. C'était cela ou

une horreur plus grande encore. Et je sais que c'est cela que je fuyais. Que je voulais oublier.

— Tu ne fuyais pas, la corrigea-t-il. Tu avais besoin de temps.

— Oui, maintenant, c'est terminé. J'ai retrouvé mes souvenirs. Ma vie.

— Et tu en es heureuse. Il n'y a que cela qui compte.

Elle lui sourit doucement.

— Oui, j'en suis heureuse. Tu sais que Christina et Eve vont rester encore un moment.

— J'ai cru comprendre que ton père voulait élever une statue en l'honneur d'Eve.

Brie éclata de rire.

— Et Bennett n'a pas le temps de s'ennuyer à l'hôpital, elle est sans cesse avec lui, ajouta-t-elle.

Le bateau se glissa dans le petit abri naturel et ils durent baisser les voiles et jeter l'ancre avant de continuer à parler.

— Reeve... je ne t'ai jamais remercié comme tu le méritais.

— Tu n'as pas à me remercier.

— Mais je veux le faire. Nous te devons beaucoup, ma famille et moi. Nous n'oublierons jamais.

— Je t'ai dit que tu n'avais pas à me remercier, répéta-t-il d'une voix plus sèche.

Elle se leva pour le rejoindre, espérant qu'elle aurait le courage d'aller jusqu'au bout.

— Reeve... j'ai réalisé que tu n'étais pas un citoyen de Cordina et donc pas soumis à nos lois et coutumes. Pourtant, j'ai une requête à formuler. Disons que c'est une royale requête. De plus, mon anniversaire ayant lieu dans deux semaines, il est d'usage pour les membres de la famille royale de voir leurs requêtes accordées ce jour-là.

Il ralluma une cigarette.

— De quoi s'agit-il ?

C'était ainsi qu'elle l'aimait : un peu bourru, un peu soupçonneux.

— Nos fiançailles ont beaucoup plu, n'est-ce pas ?

— Oh oui, sourit-il.

— D'ailleurs, je dois confesser que, pour ma part, ce diamant que tu m'as offert m'a ravie.

— Très bien, garde-le alors.

— J'en avais bien l'intention.

Il parut excédé.

— Bon, où veux-tu en venir ?

— Je pensais que cela simpliferait beaucoup de choses, si nous nous marions. En fait, je suis même tout à fait décidée à insister.

— Vraiment, Votre Altesse ?

— Absolument. Si nous coopérons efficacement, je suis certaine que nous en tirerons bien des avantages.

— La coopération et les avantages ne m'intéressent pas, maugréa-t-il.

— Ah, ah ! et qu'est-ce qui vous intéresse alors ?

— Ceci !

Il la souleva dans ses bras, l'embrassa et, dans le même mouvement, plongea avec elle dans l'eau.

Quand ils refirent surface, il la tenait toujours.

— Votre Altesse, excusez-moi, mais je vous trouve si belle dans l'eau.

— C'est un crime de lèse-majesté !

— Oui, mais comme je serai bientôt le Prince consort, je ne risque rien...

— Reeve... tu acceptes ?

— Bien sûr que j'accepte ! Je t'aime, Gabriella. Tu ne le sais pas encore ?

LA SIGNATURE DE L'HÉROÏNE

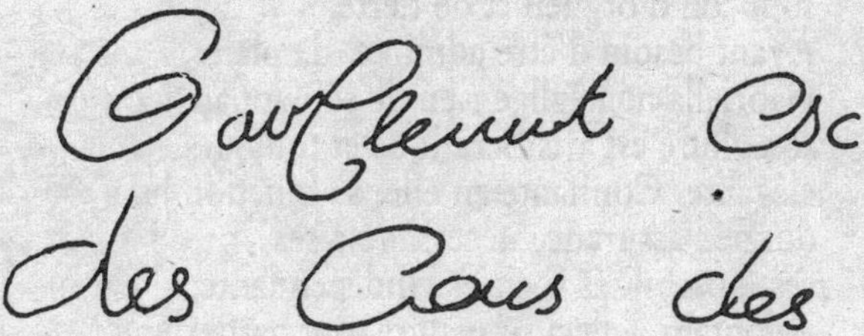

SON CARACTÈRE A TRAVERS SA SIGNATURE.

UNE PERSONNALITÉ RAYONNANTE

Exubérante, séductrice, douée d'un magnétisme intense, Gabriella de Cordina est une princesse passionnée et ensorceleuse. Son écriture « gonflée », les lettres « enflées » illustrent ce tempérament bouillonnant et enthousiaste.

Optimiste, exprimant une joie de vivre insatiable et une émotivité exubérante, Gabriella est un volcan, prête à s'enflammer ou à exploser !

En analysant son écriture, le graphologue peut y déceler l'effervescence et l'embrasement qui sommeille en elle. Les majuscules sont dilatées, révélant une personnalité sûre d'elle, trop peut-être !

RAFFINÉE ET SENSUELLE

Ecriture arrondie, lignes courbes, voluptueuses... La calligraphie nous révéle de la spontanéité, de la franchise, avec un soupçon d'orgueil et de fierté.
Ayant besoin d'être admirée, de plaire, Gabriella ne néglige rien de son apparence ; son allure est aristocratique et toujours élégante. Confiante en elle, sa fonction lui a donné l'assurance nécessaire à ses responsabilités sociales. Indépendante, volontaire, elle a su malgré tout garder une simplicité naturelle, qui lui va si bien !

POUR L'AMOUR D'UNE PRINCESSE !

Cette passion, cette ardeur qui se laissent découvrir à l'examen de son écriture - harmonieuse, orientée vers la droite - expriment le courage et la tenacité.
Elle sortira des griffes de ses agresseurs, grâce à sa volonté de fer et à l'amour rencontré par hasard.
Une vulnérabilité se laisse entrevoir dans la forme ronde de ses lettres : son masque social est parfois bien pesant ; elle aimerait pouvoir ne plus avoir à dissimuler ses véritables sentiments.

SI VOTRE SIGNATURE A LES MÊMES CARACTÉRISTIQUES DE BASE.

UNE NATURE EXCEPTIONNELLE

Née d'une famille illustre ou plus modeste,

votre écriture témoigne d'un goût du faste, d'une attirance naturelle vers les belles choses, raffinées et agréables. Son amplitude, son calibrage indiquent une ambition et un idéal social à atteindre. D'un charme distant, vos attitudes dignes, presques majestueuses, peuvent impressionner. Vous savez contrôler les élans de votre cœur, maîtriser votre sensibilité, quand la situation ne vous satisfait pas entièrement.

ARMURE OU CUIRASSE

Une illustration plus complète de votre écriture rendrait décelable une fragilité émotionnelle. Si certaines lettres s'envolent, si les « hampes » des majuscules sont amplifiées, vous avez tendance à afficher une assurance et une confiance en vous marquées. Votre comportement réservé, vos émotions pudiques protègent une sensibilité profonde. Votre enfance, votre passé peuvent expliquer ce besoin de poser des barrières entre vous et les autres.

IMPLICATION DE CETTE ÉCRITURE DANS LE DOMAINE SENTIMENTAL

LE DESIR D'ÊTRE AIMÉE

Votre écriture trahit bien le besoin intense d'être aimée, sécurisée, protégée. Une faille dans cette carapace qui vous met à l'abri du monde et des agressions extérieures. Par peur de vous engager, vous refoulez votre potentiel de tendresse et vos passions se modèrent. C'est grâce à l'amour que vous calmerez vos angoisses et retrouverez votre véritable identité.

Achevé d'imprimer sur les presses de l'Imprimerie Bussière
à Saint-Amand-Montrond (Cher)
en décembre 1987. ISBN : 2-280-83179-1
N° 2452. Dépôt légal : janvier 1988. Imprimé en France

Collection Duo
48, avenue Victor-Hugo 75116 Paris

Duo 179

Harmonie